KB115174

한의 스페셜리스트 11

가프 장편소설

초판 1쇄 찍은 날 § 2018년 11월 9일
초판 1쇄 펴낸 날 § 2018년 11월 16일

지은이 § 가프
펴낸이 § 서경석

총괄팀장 § 최하나
편집책임 § 이선근

펴낸곳 § 도서출판 청어람
등록번호 § 제387-1999-000006호
등록일자 § 1999. 5. 31
어람번호 § 제1-2972호

주소 § 경기도 부천시 부일로 483번길 40 서경B/D 3F (우) 14640
전화 § 032-656-4452 팩스 § 032-656-4453
http://www.chungeoram.com
E-mail § chungeorambook@daum.net

ⓒ 가프, 2018

ISBN 979-11-04-91866-7 04810
ISBN 979-11-04-91658-8 (세트)

※ 파본은 구입하신 서점에서 교환하여 드립니다.
※ 저자와 협의하여 인지를 붙이지 않습니다.
※ 이 책은 도서출판 청어람과 저작자의 계약에 의해 출판된 것이므로,
   무단 전재 및 유포·공유를 금합니다.

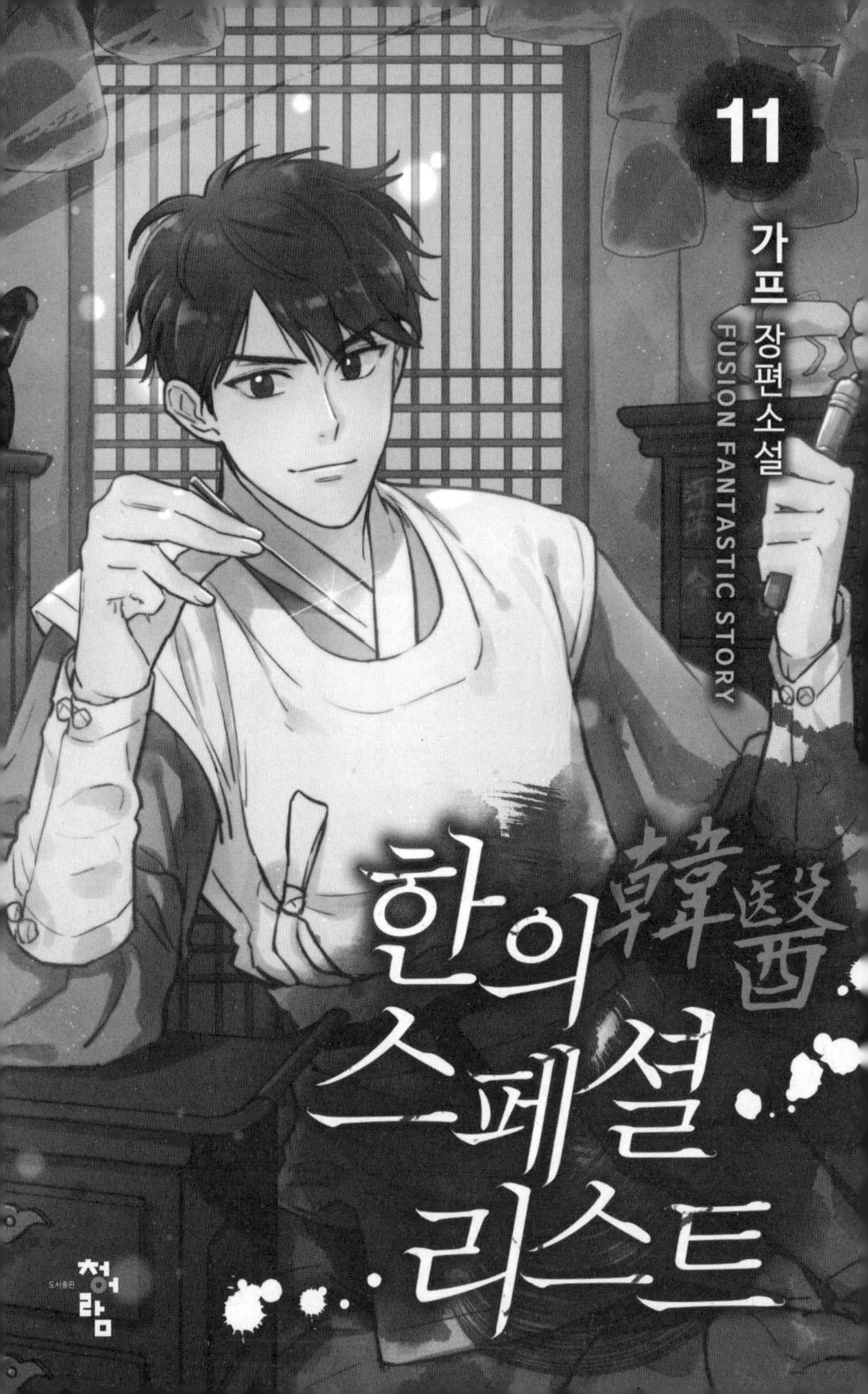
11
가프 장편소설
FUSION FANTASTIC STORY
한의 韓醫
스페셜리스트
도서출판 청어람

Contents

1. 기혈 리뉴얼

이 작품은 작가의 창작입니다. 실제 한의술과 다를 수 있습니다. 소설로만 읽어주시면 고맙겠습니다.

맥!

한방에서는 양방의 청진기보다 중요한 진찰이다. 맥은 신경계나 혈관계와는 또 다른 우주이다. 맥의 안쪽에는 영기가 흐르고 바깥은 위기가 흐른다. 이 흐름은 심장의 박동과도 같아 운명할 때까지 멈추지 않는다. 12개의 경맥, 15개의 낙맥, 8개의 기경맥 등이 분포한다.

그 맥이 전하는 인체의 정보를 귀신처럼 잡아내는 윤도의 손. 그러나 맥을 짚을 곳이 없는 바에야 주 무기 하나를 내려놓는 것과 다름이 없다.

문제는 그것만이 아니었다. 소녀의 몸은 거의 대부분 나무 피부로 변해가고 있었다. 손발에는 나무 피부를 이식한 듯 무성하고 몸통 곳곳도 진흙이 튄 듯 촘촘했다. 몇몇 부위에 생살이 보이지만 전반적으로 나무로 변신하기 직전의 상태였다.

'포기.'

맥은 잡지 않기로 했다. 차라리 일반적인 상처라면 장침을 찌르고 침을 넣어 맥을 가늠할 수 있다. 실제로 그런 경험도 있다. 하지만 이 나무 피부는 달랐다. 나무도 아니고 피부도 아니었다. 너무 무성하여 온갖 세균이 붙어 있을 수도 있다. 소독만으로는 기타 감염 방지를 확신할 수 없었다.

대안이 필요했다.

손과 목, 경맥의 동맥 부위에 촘촘하게 핀 나무 피부를 잘라내면 어떨까? 그것도 불가능했다. 나무 피부는 피부 딱지가 아니었다. 그 무성한 갈래는 신경과 닿아 있다. 손발톱 깎듯이 쉽게 자를 수 있는 게 아니었다.

"원장님."

정나현의 목소리가 흔들렸다. 그녀라고 모를 리 없었다. 일반적인 한의사라면 이건 진료 자체가 불가능한 환자였다.

생각을 가다듬는 동안 수술 기록을 보았다. 리사는 일 년에 한 번씩 나무 피부를 제거하는 수술을 받고 있었다. 맨 처음 일 년 동안에는 무려 아홉 차례에 걸쳐 수술을 받았다. 기록에는 수술 직후의 사진도 있었다. 무성한 나무 피부를 자르자 손발의 형태가 그럭저럭 보였다. 그 말쑥함은 오래가지 않았다. 신경에 부작용이 생기면서 제거 수술도 마땅치 않았다. 제거를 하고 나면 격렬한 부작용이 수반되는 까닭이다.

'하긴……'

혼잣말을 밀어냈다. 환자의 부모는 대부호였다. 어쩌면 명예와 권력도 갖고 있을 수 있었다. 그런 환경이니 돈이 문제였을까? 그럼에도 포기 수준으로 돌아온 건 '불치' 판정을 받은 까닭이다. 그 또한 한두 명의 명의가 내린 판단이 아니었다.

명의……

한의학의 명의들이 이 자리에 온다면 어떻게 할까? 전설이 된 편작은 어떤 신통방통한 처방을 내고 화타는 어떤 비방을 낼 것인가? 유부라면 소녀의 몸을 다 열어 면역에 관련된 장기를 상지수로 씻어 때를 벗긴 후 다시 넣을지도 모른다.

생각을 그리스 신화로 옮겼다. 소녀와 닮은 조각상 다프네를 생각했다. 그녀는 죄도 없이 나무가 되었다. 아폴로의 스토커적인 사랑 때문이다. 경우는 다르지만 사랑이라는 거, 지나치면 해악이 된다. 그렇다면 나무가 된 다프네는 누가 고칠 수 있을까? 그녀의 아버지 강의 신이다. 우주의 원리가 사필귀정이기 때문이다. 그녀의 아버지가 행한 일이기 때문이다.

사필귀정.

매사는 반드시 옳은 이치대로 돌아간다는 뜻이다. 소녀의 질환에 대입하면 소녀 역시 건강한 몸으로 돌아간다는 뜻도 된다. 단어 하나로 희망 하나를 열었다.

어릴 때 병에 걸리기 전, 그때의 소녀는 어땠을까? 나무가 되기 전의 다프네처럼 아름답고 영특한 소녀였다. 벽에 걸린 사진으로 알았다. 소녀는 나무인간 증후군에 걸리기 전 일곱 살에 신동 소리를 들었다. 지역 방송사 프로그램에 출현해 인증도 받았다. 사진 속에서 소녀는 빛나는 트로피를 안고 방긋 웃고 있었다. 그때, 소녀의 면역 체계는 정상이었다.

그때로 돌아가려면 어떻게 해야 할까?

그건 비움이다. 비워야 채울 수 있다. 비우지 않고는 무엇도 그 안에 담을 수 없었다. 오염된 면역수를 비워내고 그 찌꺼기의 한 올까지 다 닦아낸 후 새 면역을 채워야 한다. 그 시작은 역시 혈자리였다.

'끄응…….'

고뇌하는 사이에 정나현이 리사의 머릿결을 쓸어 올렸다. 금발이 귀 뒤로 넘어갔다.

"……!"

순간 윤도가 벼락처럼 반응했다.

"잠깐만요!"

정나현에 앞서 리사에게 다가섰다. 금발 아래 고스란히 드러난 하얀 귀. 그 귀가 윤도의 눈으로 쏟아지듯 들어왔다.

'빙고!'

주먹을 불끈 쥐었다. 귀에는 티 하나 없었다. 나무 피부의 침입이 없는 것이다. 궁하면 통한다더니 그렇게 반가울 수가 없었다. 리사의 귀는 무사했던 것이다.

윤도가 생각한 건 이침이었다. 이침에게는 귀가 우주다. 이침은 일찍이 사용되었다. 당나라의 손사막이 이침으로 질병을 치료했다는 기록이 전할 정도이다.

'오케이.'

단숨에 침을 뽑았다. 장침 대신 호침이었다. 첫 호침이 출격했다. 귀의 정중앙이었다. 다음 침은 첫 호침을 따라 반원을 그리듯 주변을 따라 넣었다. 가지런히 박힌 침의 위치는 오장육부와 연결되는 혈자리였다.

오른 손목의 촌맥은 폐와 대장

관맥에는 비장과 위장.

척맥에는 신장.

왼쪽 손목의 촌맥에 심장과 소장.

관맥에는 간장과 담.

척맥에는 명문과 삼초.

귀에도 그걸 대신할 혈자리가 있었다. 하나하나 집중해 가며 오장육부의 상황을 탐색해 나갔다.

"⋯⋯!"

침감을 조율하던 윤도가 호흡을 멈췄다. 오장육부의 기능이 전해오기 시작했다. 나무인간 증후군의 주요 원인은 백혈구의 기능 저하가 문제로 꼽힌다. 백혈구가 생성되는 곳은 비장과 골수이다. 백혈구에는 림프구, 호산구, 호중구 등이 있는데 특히 림프구가 면역의 핵심이었다.

윤도가 비장을 체크했다.

"⋯⋯!"

윤도가 움찔했다. 리사의 비장은 그녀의 손발처럼 황폐했다.

'신장도 엉망이겠군.'

신장의 정보를 받았다. 짐작대로였다.

신장.

웬만한 질병에는 끼지 않는 곳이 없다. 뼈의 건강 역시 신장이 주관한다. 신장이 상하면 뼈가 마르고 그 안의 골수가 황폐해진다. 신장이 나쁘면 골수가 건강할 수 없었다. 비장까지 무너진 바에야 면역력이 우량한 백혈구를 만들 수 없었다. 당연히 백혈구 기능 저하, 면역력 약화. 주르륵 연결되는 도미노가 되었다.

신장을 따라 골(骨)의 정보를 가져왔다.

골 안의 골수.

유아기의 혈액 생성은 골수가 맡는다. 그러다 소아기가 되면서는 중심 골격계와 대퇴골, 상완골 등으로 옮겨간다. 리사의 장골은 반응이 좋지 않았다. 원래도 슬슬 지방으로 채워지기 시작할 나이. 거친 지방 덩어리와 함께 시든 백혈구들이 골수를 메운 것으로 보였다.

침으로 맥을 가늠해 보았다. 귀에서 잡아보는 맥이 쉬울 리 없지만 그렇다고 포기할 일은 아니었다. 힘줄과 골수에 문제가 생기면 경맥이 위태로우면서도 고른 맥박을 보일 수 있다. 애달픈 맥이 잡혔다. 엉킨 혈맥이었다. 소양에서 보내온 신호였다. 손목에 실을 감고 문밖에서 잡는 맥처럼 멀고도 멀었다.

'길고… 고르면서도… 당겨진 느낌……'

아련한 정보지만 힘줄과 골수의 병은 확실했다. 이들이 말초 혈액을 따라 전신으로 퍼지며 나무인간 증후군을 만들어 낸 것이다.

"아!"

진단하는 사이에 리사가 몸을 뒤틀었다.

"왜?"

윤도가 물었다.

"어깨가 또 뻣뻣해져요."

리사가 몸을 웅크렸다.

"요즘 들어 가끔씩 저래요. 한참 그러다 차츰 펴지던데…
그냥 계속하세요."

부인이 윤도에게 말하는 동안 장침 하나가 리사의 인중으
로 들어갔다.

"이제 괜찮을 거야."

윤도가 침을 뽑았다.

"어, 진짜네?"

리사의 눈이 휘둥그레졌다. 등뼈가 뻣뻣해지면서 통증이 오
는 데는 인중이 최고다. 침을 놓거나 뾰족한 것으로 자극해도
좋아진다.

이제 진단은 끝났다. 리사의 면역력은 바닥. 신장과 비장,
골수의 기능도 바닥. 윤도 머릿속에 들어선 로드맵은 간단했
다. 면역력 강화—피부 재생력 증가—면역 정상화의 코스였다.
물론 말로는 쉬웠다. 그러나 현실은…….

"실장님."

윤도의 목소리가 담담하게 나왔다. 한국말이다.

"네."

"제가 전에 배를 열어 장기를 씻거나 병소를 잘라내고 이어
서 몸 안에 넣어주는 유부와 조조의 머리를 열자는 화타에
대해 얘기한 적이 있죠?"

"예."

"결국 화타는 죽임을 당하게 되었습니다."

"……."

"오늘 우리 그에 버금가는 모험이 필요하게 되었습니다."

"원장님?"

"이 집 보셨죠? 아마 미국 최상급 집안 같습니다. 그러니까 제 말은……."

"치료가 잘못되면 후폭풍이 거셀 거란 말이군요?"

"예. 공항에서 겪은 에피소드는 깜냥도 되지 않는… 어쩌면 진짜 미국 감옥에서 평생을 썩게 될지도 모르죠."

"그렇다면 동의서와 각서를 미리 받아두면 되잖아요?"

"그렇게 할 겁니다. 하지만 그것만으로 면피가 되는 건 아니죠."

"원장님은 어떠세요?"

"저는 도전해 보고 싶습니다. 다만 위험도가 따르는 건 명백합니다."

"그럼 저는 상관없어요. 무조건 원장님 판단에 따릅니다."

"실장님……."

"저는 원장님 믿어요. 설령 파국을 초래한다고 해도 후회하지 않고요."

"고맙습니다. 다행히 변호사 비용은 충분히 벌어두었으니 그건 제가 책임지죠."

합의(?)를 끝낸 윤도가 부인에게 돌아섰다. 치료에 대한 설명을 시작했다. 윤도가 부족한 영어 표현은 정나현이 거들었다.

"제 장침은 음양오행의 원리와 기혈의 순환에 입각합니다. 한의학이라는 게 양방과 달라 국부적인 치료가 아니라 몸 전체의 기혈 조화에 목적을 둡니다. 따라서 양방의 기준으로 바라보시면 안 되며……."

설명은 길지 않았다. 요점은 치료 가능성은 있지만 위험부담도 있다는 것, 그 점을 강조했다.

"그렇군요."

설명이 끝나자 부인이 리사를 바라보았다. 어린 리사는 나무 손가락을 움직이며 부인의 시선을 끌었다. 환자지만 고작 아홉 살. 병상의 눈매였지만 천진난만함이 배어 있다.

"실은 닥터께서 오기 전에 당신 자료를 보았습니다. 많은 기적을 행하셨더군요."

"……."

"오늘 우리 가족이 기대하는 것도 그 기적이에요. 그러나 기적은 그만한 대가가 필요하기도 하겠지요."

"……."

"리사."

부인이 딸에게 다가섰다.

"네, 엄마."

"이 닥터께서 네 나무 갑옷을 벗겨주실 거야. 어쩌면 조금 아프거나 위험할지도 몰라."

"네……."

"닥터를 믿고 너를 맡겨보겠니?"

"엄마랑 아빠 생각은요?"

"엄마는 한번 해보고 싶어."

"그럼 저도 Yes예요."

리사가 대답했다. 부인은 딸의 이마를 쓸어주고는 영문 동의서에 사인을 했다.

그런데…….

찌익!

윤도가 그 자리에서 동의서를 찢었다.

"닥터?"

놀란 부인이 윤도를 바라보았다.

"저를 믿어주는 마음으로 충분합니다. 자고로 의술이란 핑계에 기대면 비겁해질 수 있지요. 의술은 비겁해지면 안 됩니다. 설령 위험성이 있더라도 살릴 수 있는 환자라면 신념을 가지고 치료해야 하는 것. 그게 제 신념입니다."

윤도가 부인에게 예를 갖추었다. 부인의 동공은 고정된 채 움직이지 않았다. 이 닥터는 믿을 만하다는 생각이 들었다.

다른 닥터와 포스 자체가 달랐다.

"그럼 치료 시작하겠습니다."

윤도가 가운의 소매 깃을 걷었다. 부인은 문을 닫고 나가고 재택 간호사가 남았다.

'후우!'

윤도가 호흡 조절을 하며 나무 갑옷을 바라보았다. 인체의 거의 전부를 덮어버린 나뭇조각들. 얼핏 보면 방탄 갑옷처럼도 보이는 나무인간 증후군의 외양.

눈에 보이는 건 아무것도 아니야.

정작 무서운 병은 밖으로 나오지 않아.

자기 최면을 거는 사이에 귀 소독이 끝났다. 군데군데 간신히 드러난 피부도 일단 소독했다. 귀 위의 주상와를 당기며 시침의 시작을 알렸다. 귀에서도 사관혈을 잡을 수 있었다. 주상와 지점에 손가락과 손목혈이 있는 까닭이다. 합곡혈 위치에 호침을 넣었다. 평소보다 많은 주의를 기울였다. 이건 인체의 축소판에 달린 혈자리이기 때문이다. 차분하게 조율하자 침감이 기혈에 올라타기 시작했다.

'나무는 뿌리를 죽여야지.'

밖으로 흉하게 삐져나온 질병의 형체. 복잡하게 생각지 않고 원칙과 기본에 따르기로 했다. 병세에 현혹되면 진단의 갈래가 복잡해질 뿐이다.

이 건에는 그저 처음부터 결정타가 필요했다. 단 한 방에 병세를 몰아붙이고 서서히 걷어낼 수 있는 강력한 방법.

"약침액 1번 주세요."

윤도가 손을 내밀었다. 1번은 산해경의 영약 낭이다.

중산경의 낭—요절하지 않는 영약.

윤도는 왜 낭을 앞세운 걸까? 정나현은 그 속내를 알 수 없었다. 그녀는 그것이 약재의 진액을 뽑은 약침으로만 알았지 산해경의 영약인 줄은 몰랐다.

윤도는 오늘따라 비장했다.

'요절하지 않는 영약.'

이 약을 앞세운 건 소녀가 요절할 수도 있다는 판단이 나온 까닭이다. 아니, 윤도는 지금 소녀를 요절시킬 생각이었다. 그러니까 잠시, 아주 잠시 동안.

호침 하나가 이침혈을 뚫었다. 관원혈 자리에 대비되는 곳이다. 침감으로 확인했다. 관원혈에 비할 만했다. 또 하나는 머리혈이었다. 확인이 끝나자 두 곳에 낭의 약침을 찔렀다. 기도하듯 앉아 15분을 기다렸다. 그러다 소녀와 눈이 마주쳐 버렸다. 소녀의 눈에는 걱정을 대신해 호기심이 찰랑거렸다.

"리사."

"네?"

소녀가 답했다.

"혹시 동화책 좋아하니? 아니면 판타지 영화 같은 거?"

"좋아해요."

"지금 우리가 그 주인공이야."

"저는 비운의 공주이고 선생님은 저를 구하러 온 마법사요?"

"응."

"그럼 그 침이 마법의 지팡이겠네요?"

"응. 이거 알고 보면 굉장한 마나의 집합체거든. 마나 알지?"

"아까 입술 위쪽에 들어갈 때부터 알았어요. 보통 침이 아니라는 거."

"나무 갑옷, 갑갑했지?"

"네."

"우리 함께 힘을 합쳐 못된 마녀의 마법을 물리쳐 보자."

"네, 나의 마법사님."

리사가 답했다. 긴장이 사라진 목소리였다.

요절 방지의 침은 끝이 났다.

"잠깐 힘이 빠질 거야. 마법 포션이 몸에 퍼지는 거니까 무서워할 거 없어."

윤도의 설명과 함께 새 침이 들어갔다. 오장육부의 자리에 가지런히 박혔다. 그 침의 마지막이 삼초혈 자리로 들어가자 리사가 까무룩 정신을 놓았다. 살았으되 살아 있지 않은 목숨, 그런 상태가 된 것이다.

"원장님."

정나현의 목소리에 우려가 묻어났다. 리사는 정신을 잃은 정도가 아니었다. 그러나 그건 시작에 불과했다. 윤도는 리사의 장기에서 기혈의 바닥을 훑고 있었다. 채우는 게 아니라 가라앉은 기혈을 완전히 몰아내는 침법이었다.

리뉴얼.

말하자면 기혈의 물갈이.

그걸 그리는 것이다.

"말했잖아요. 모험을 하게 될 거라고."

윤도가 한국말로 중얼거렸다.

"……"

"이 순간 저는 유부입니다."

"……!"

정나현은 숨통이 막혔다.

유부!

오장육부에 병이 들면 배를 열어 장부를 씻고 잘라낸 후 다시 닫아준다던 고대의 명의 유부.

채윤도.

과연 어쩔 셈일까?

후웅!

오장의 기혈이 한바탕 몸부림을 토했다. 그러더니 차례차례 기혈의 바닥을 드러내기 시작했다. 비장이 고요해지고 간장이 고요해지더니 폐장과 심장도 그 뒤를 이었다. 단 하나 남은 건 신장. 동시에 모든 혈문 역시 소리 없이 닫혔다.

철컥!

철컥!

샛문이나마 열린 건 단 두 개였다. 생명의 터전으로 불리는 하단전 관원과 상단전 뇌. 단 두 개의 혈자리만이 샛문을 연채 리사의 목숨 끈을 잡아주고 있었다.

그러나 윤도는 사실 신장에서 사투를 벌이고 있었다. 이것은 리사의 목숨이 걸린 일대 모험이었다. 자칫 침감을 잘못 조율해 신장 정기의 마지막 줄마저 끊어버린다면 리사는 진짜 '다프네'가 되는 것이다.

정(精).

윤도의 호침이 붙잡은 건 그것이었다. 목숨이 나올 때 처음으로 생긴 정. 출생 이후에는 신장에 똬리를 틀고 목숨을 좌우하는 그 정. 그렇기에 한방에서는 신장이 원기를 주관하며 생명을 좌우하는 관문 역할을 한다는 의미로 명문(命門)이라고도 한다.

한 올, 또 한 올.

윤도는 정의 한 줄기가 남을 때까지 심혈을 기울였다. 이마와 어깨를 타고 내린 땀이 가운을 적셨지만 그건 정나현도 건드릴 수 없었다. 그녀가 할 수 있는 일은 재택 간호사가 윤도를 가리키자 '쉬잇' 하고 주의를 주었을 뿐이다.

그녀는 알고 있었다. 윤도가 자신의 모든 것을 퍼붓고 있다는 걸. 이럴 때는 바람조차도 윤도를 건드릴 수 없었다.

'다 왔다.'

윤도는 스스로를 치열하게 제어했다. 사기로 가득한 리사의 기혈이었다. 면역 체계가 무너지며 잡것들의 놀이터가 된 오장육부였다. 오염되고 너덜거리는 면역계였다. 이 안에 든 건 모조리 밀어내야 했다. 최후의 한 올까지도 끊어내야 했다.

꿈틀.

기혈이 빠져나가자 리사의 몸 곳곳에서 불규칙한 경련이 일었다. 팔다리의 근육이, 복부의 위장이, 그리고 목과 얼굴 근육까지.

'아홉……'

마침내 윤도의 카운트다운이 시작되었다. 이제 윤도가 붙잡고 있는 명문의 목숨 가닥은 숫자로 환산하면 딱 열 줄이었다.

'여덟……'

한 환자의 목숨을 좌우하는 카운트다운. 우주를 향한 첫 우주선을 발사할 때 이토록 비장했을까?

'일곱……'

한 올, 한 올 골라 떠나보내는 윤도는 이미 리사의 몸과 하나였다. 그 손 자체가 그녀의 신장이 되어 움직이는 것이다.

'여섯……'

거기에서 턱 선에 걸린 땀이 손등에 떨어졌다. 윤도의 심장이 철렁 내려앉았다. 바람 한 줄기의 방해도 위태로울 수 있는 일. 미동으로 인해 세 줄기가 빠져나가 버렸다.

'셋……'

호흡이 얼어붙었다. 조금만 더 움직였어도 목숨 줄 전부를 놓을 뻔한 일이었다.

둘…….

하나…….

윤도의 손이 멈췄다. 침감을 멈추고 그대로 침 끝을 밀어 넣었다. 귀는 얇다. 밀어 넣을 부분이 어디 있을까? 그러나 그건 보통 한의사의 일이다. 윤도의 신침에게 귀의 부피는 호수도 되고 강물도 되었다. 어렵긴 하지만 세밀한 조절까지 가능했다.

환자의 목숨 줄기는 이제 한 올이 남았다. 일반적인 경우라면 이미 운명했을 일. 그러나 요절을 막는 산해경의 영약 덕분에 한 올의 생명 줄로 버텨내는 육신이었다.

그렇다고 끝은 아니었다. 이제는 전지적 시점으로 바꾸었다. 신장을 마지막으로 떠난 정의 줄기를 따라가는 것이다. 이 정의 줄기가 인체의 경락을 한 바퀴 돌아 빠져나가는 순간, 그때가 바로 윤도의 본격적인 치료의 시점이었다.

14분 22초…….

마침내 경락이 리사의 몸을 한 바퀴 돌고 나갔다. 이 순간 리사의 몸은 완벽하게 비어 있는 셈이다.

윤도가 다른 침을 받아 들었다. 차 이사가 공수해 온 노화 세포 제거물질 'RIG001'이었다. 약침 11개가 오장육부의 위치를 찔렀다. 화침으로 들어간 호침이 불 꺼진 오장에 불을 켜기 시작했다. 그와 동시에 한 올의 생명 줄도 놓아버렸다.

이 생명 줄이 경락을 나가기 전 새로운 기혈이 시작되어야 했다.

후끈 달아오른 윤도는 쉴 새 없이 움직였다.

화악화악!

오장에 불이 들어왔다. 사기가 다 빠져나간 탓인지 생기가 오롯하게 느껴졌다. 화침들은 맹렬했다. 오장의 온도를 높이는 건 교감신경과 부교감신경의 안정을 위한 조치였다. 이건 암의 치료와도 같아 심부의 온도가 40도 정도로 올라가면 면역력의 상승에 박차가 될 일이다.

신장—비장—간장—심장—폐장.

다섯 장부의 기혈을 고르게 조절했다. 그러나 신장의 조절은 쉽지 않았다. 별수 없이 호침을 하나 더 박았다. 그제야 신장이 오장과 같은 박자로 뛰기 시작했다.

윤도의 손은 더욱 빨라졌다. 몇 번의 시침으로 상세하게 파악한 이침 혈자리에 호침이 들어갔다. 일반적인 사마귀라면 혈해혈과 곡지혈에서 해결할 수 있었다. 하지만 리사의 사마귀는 그 정도로 만만한 병소가 아니었다.

면역 증강!

이제 절대 명제가 남았다. 유부처럼 배를 가르지는 않았지만 침으로서 오장의 기혈을 씻어냈다. 윤도의 방법이 틀리지 않았다면 리사의 기혈은 통째로 교체되었다. 그렇다면 이제 그 기혈에 면역 파워를 채워줄 타임이었다.

이 역시 신장부터 시작했다. 신수혈 자리에 호침을 넣었다. 다음으로 중완혈을 잡았다. 합곡혈과 대추혈, 승산혈, 삼음교에도 침을 꽂았다. 용천혈을 찌르고 머리 쪽으로 움직였다. 머리는 사신총혈과 백회혈이다. 누가 귀가 작다고 했을까? 가지런히 이침으로 찔러대는 윤도를 보면 그 말을 할 수 없을 것 같았다.

윤도가 다스려 가는 혈자리의 공통점은 면역력을 높이는 혈이었다. 그 침감의 온기를 전체 경락으로 퍼뜨렸다. 면역력을 강화하는 침감으로 오장을 푹 적시려는 것이다.

물론 잘 젖지 않았다. 오래전에 파괴된 기혈의 조화였다. 그렇기에 침감을 올려도 올라가지 않고 내려도 내려가지 않는 혈자리가 많았다. 반복되는 시도 속에서 이유를 찾았다. 리사의 면역력은 인체를 대칭으로 봤을 때 우측이 더 치명적이었다. 좌측은 기에 속하고 우측은 혈에 속한다. 좌는 양에 속하고 우는 음에 속하기에 정기의 확신이 어려운 것이다.

'중완혈……'

귀의 중심으로 시야를 옮겼다. 위장에 해당되는 곳이다.

"장침으로 주세요."

윤도가 호침을 밀어냈다. 처음으로 장침을 동원하는 윤도였다. 정나현이 주춤거렸다. 이침의 어디에 장침이 들어갈 수 있을까? 자칫 귀를 천공하는 것은 아닐까? 그러나 그건 기우에 불과했다. 반대편 귀 쪽으로 옮겨가 장침을 밀어 넣은 윤도는 중완혈의 위치에서 강력한 침감을 행사했다.

중완혈.

하늘의 신기가 인간의 몸에 들어간다는 혈자리이다. 그렇기에 중완혈은 놀라운 기능을 가지고 있었다. 침 끝을 어느 방향으로 놓느냐에 따라 침감이 달라졌다. 윤도가 기댄 건 그것이었다.

'후웁!'

장침 끝을 후끈한 화침으로 바꾸었다. 한 번, 두 번, 세 번, 네 번, 안 되면 될 때까지 반복했다. 면역 증강 혈자리에 꽂힌

침들은 마치 수동 발전기처럼 불이 들어오다 허무하게 꺼지기를 반복했다.

"원장님……."

정나현이 슬쩍 신호를 보내왔다. 리사의 얼굴이 좋지 않았다. 군데군데 드러난 혈색이 하얗게 변하고 있었다. 어쩌면 이미 운명했을 수도 있는 리사. 그 목숨을 잡고 있는 건 영약 '낭'의 위력이었다. 그러나 영약의 효과가 영구적인 건 아니었다. 어느 순간, 그 약발이 떨어지기 전에 윤도의 시도가 먹혀야 했다.

다시 한번 침감을 감았다가 풀었을 때, 손끝으로 봄날의 생기가 들어왔다. 동토의 땅을 풀어주는 다사로운 햇살의 느낌이다.

"……!"

윤도가 퍄뜩 고개를 들었다. 한순간 리사의 나무 갑옷이 환상처럼 흔들리다 멈췄다.

꿈인가?

멍한 시선으로 정나현의 목소리가 들어왔다.

"실장님, 봤어요?"

"네."

"나무 갑옷이 따로 움직였어요."

"알았어요. 계속 주목하세요."

윤도가 다시 침을 감았다가 풀었다. 이번에도 나무 갑옷이 흔들리며 반응을 했다.

"원장님!"

"잠깐만요."

장침 옆으로 또 두 개의 장침이 더 꽂혔다. 신장과 비장 자리였다.

면역에 관계하는 림프구는 골수와 비장에서 생성된다. 골수는 신장의 영향을 받으니 면역 증강을 위한 지원이다.

후웅!

두 침은 들어가기 무섭게 맑은 기운으로 물들었다. 그게 신호였다. 리사의 나무 갑옷 전체가 부르르 진동을 시작했다.

"원장님!"

"닥터!"

이제는 재택 간호사까지 시선을 집중했다. 윤도의 두 손은 신장과 비장혈에 꽂은 장침 위에 있었다. 두 침에 혼신의 화침을 밀어 넣었다.

면역 증강.

그 과제에는 건강한 백혈구가 필요했다. 그러나 백혈구는 무한정 많아서도 안 되었다. 백혈구 또한 과량으로 생산되면 엄청난 비극이 발생한다. 치명적인 백혈병이 되는 것이다. 그렇기에 이 치료가 힘들었다. 기혈의 조화에 더해 면역 증강, 나아가 백혈구를 이상적인 수준으로 컨트롤해야 하는 까닭이다.

번쩍!

거기서 리사가 눈을 떴다.

"조금만 참아. 이제 마법의 끝자락이야."

윤도가 찡긋 윙크를 날렸다.

"선생님."

"조금만……."

"아니… 다리가 너무 가려워요."

"알았어. 그러니까 조금만……."

윤도는 오직 침감의 조율에만 집중했다. 신장의 정기가 자리를 찾는 게 느껴졌다. 건강한 아이들의 정과 크게 다르지 않는 수준이다. 이제 비장도 그 무렵에 가까웠다. 마지막 조율을 마친 윤도가 두 손을 놓았다.

그러자.

"악!"

리사가 외마디 비명을 질렀다.

"리사!"

재택 간호사가 입을 쩍 벌렸다.

"원장님!"

정나현도 그랬다. 윤도의 시선이 두 사람의 시선이 향한 쪽으로 옮겨갔다. 다리였다. 손보다도 더 흉측한 나무 갑옷이 무성하게 자란 발. 그 발에 달린 갑옷이 비스듬히 기울어 있었다. 윤도가 그걸 잡았다. 나무 피부에는 신경이 연결되어 있다. 그렇기에 함부로 당기거나 부러뜨릴 수 없었다.

그런데 손이 닿자 나무 갑옷이 저절로 밀려나 버렸다.

"……!"

윤도가 숨을 멈췄다. 나무 갑옷 사이로 엿보이는 신생아 같은 새살. 아까는 보이지 않던 부분이다. 윤도가 조심스레 나무 갑옷을 들어 올렸다. 갑옷이 아무 저항도 없이 불쑥 따라 올라왔다.

"악!"

이번 비명은 재택 간호사의 것이었다. 그녀의 시선은 리사의 손 쪽에 있었다. 손에도 발과 같은 현상이 일어나고 있었다. 치렁치렁 매달려 있던 나무 갑옷이 떨어져 나간 것이다. 리사의 흰 손이 고스란히 드러났다.

"원장님!"

정나현은 감격에 겨워 말을 잇지 못했다.

"미국 감옥은 가지 않아도 될 것 같은데요?"

윤도가 웃었다.

"원장님은 정말……."

정나현은 밀려 나오는 눈물을 억지로 참았다.

"나뭇조각 제거하세요. 절대 무리하지는 마시고요."

"사모님!"

그사이에 재택 간호사가 문으로 뛰었다. 윤도가 그녀의 어깨를 잡아 세웠다.

"아직 아닙니다."

윤도의 눈빛은 엄숙했다. 간호사는 감히 그 말을 거역하지 못했다.

손을 씻고 멸균 장갑을 꼈다. 윤도도 나무 갑옷을 걷어내기에 동참했다. 갑옷이 베일을 벗겨내듯 얌전하게 제거되었다. 목과 얼굴의 갑옷까지 걷어내자 비로소 리사의 본모습이 드러났다. 나무로 변한 강의 님프, 다프네가 원상 복구된 것이다.

"너무 시원해요."

리사가 말했다.

"리사……."

재택 간호사는 감격에서 헤어나지를 못했다.

"혹시 작은 슬라이드 있나요?"

윤도가 그녀에게 물었다. 그녀가 혈액 도말용 슬라이드 몇 개를 가져왔다. 리사의 손끝을 조심스레 천자해 피 한 방울을 슬라이드 위에 떨구었다. 다른 슬라이드를 집어 대각으로 대고 밀었다. 혈액 도말이다. 도말이 마르자 그 위에 커버 슬라이드를 덮었다.

현미경 재물대에 올렸다. 400배로 확인하고 다시 1,000배로 확인했다. 윤도가 보는 건 백혈구였다. 그중에서도 림프구였다. 전체 분포가 좋았다. 몰포로지(Morphology), 즉 혈구의 모양도 좋았다.

오케이.

윤도가 손가락으로 사인을 보냈다. 그제야 정나현과 간호사가 피부 보호 조치를 시작했다. 갑옷을 밀어내고 돋아난 새살이라 감염에 주의할 필요가 있었다.

"끝났습니다."

정나현이 보고해 왔다. 그때까지도 윤도는 리사에게서 눈을 떼지 않고 있었다. 돌발에 대한 만반의 대비였다.

"내 마법 어때?"

윤도가 리사에게 물었다.

"최고예요."

"고생했어요, 공주님."

"감사합니다, 마법사님."

그새 공감이 형성된 두 사람이다.

"이제 부모님을 모셔 와도 됩니다."

윤도가 비로소 간호사에게 허락을 내렸다. 머잖아 대저택이 무너질 듯한 비명이 울린 건 묘사할 필요도 없었다.

"여보, 여보! 빨리 좀 와보세요! 우리 리사가… 리사가……!"

부인의 목소리가 윤도가 나와 있는 정원까지 흔들어댔다.

"정원수가 괜히 더 푸짐해진 거 같지 않아요?"

윤도가 정나현에게 말했다.

"정말 그런 거 같네요. 리사에게 매달려 있던 나무껍질이 다 여기로 날아와 붙었나 봐요."

"고생했어요, 실장님. 그리고 믿어줘서 고마워요."

"불가능을 가능하게 만든 원장님의 침술, 리사 말처럼 정말 한 편의 마법이었어요."

정나현의 눈에는 감동이 가득했다. 저택을 넘어온 햇살이 윤도의 두 손을 위로하려는 듯 손등 위에서 찰랑거렸다.

2. 노벨의학상 후보
앤드류 박사의 공동 연구 제안

이틀.

윤도는 쉼 없이 치료에 전념했다. 리사의 새 정기를 조절하며 전체 장부과 경락에 기혈의 생기를 불어넣었다. 어제부터는 장침 사용도 가능해졌다. 주 무기의 회복. 이제는 거칠 게 없는 윤도였다.

신장.

알고 보면 신장이 마법사였다. 윤도는 리사의 신장에 담긴 마법의 마나(?)를 백배 활용했다. 신장의 마나는 비장을 조화롭게 만들었고 폐를 윤택하게 해주었다. 부러진 톱니바퀴로 돌아가던 오장의 톱니는 이제 완전해졌다. 모든 것은 신장에서 올라온 맑은 생기 때문이었다. 원수가 맑아지니 혈자리의 기운도 함께 맑아졌다. 그러나 약간의 부조화는 있었다. 수많은 혈자리의 상태가 고르지 않은 까닭이다. 그 혈자리 역시 꼼꼼하게 짚어주었다.

리사는 매 시간 다프네를 닮아갔다. 지켜보던 부인의 입에서는 'God'이라는 단어가 멈추지 않았다.

"원장님!"

24시간 체온 체크를 끝낸 정나현이 달려왔다.

"정상?"

"네, 시간대별 체온이 거의 균등해졌어요!"

정나현이 외쳤다.

"면역 검사 보낸 혈청은요?"

"그것도 정상치에 가깝다고 하네요."

정나현이 재택 간호사를 바라보았다. 그 결과는 그녀가 알아온 것이다. 윤도는 비로소 마무리 시침으로 꽂은 장침을 뽑아냈다.

"치료가 끝났습니다, 공주님."

윤도가 허리를 조아렸다. 영화에서 보던 마법사 같은 인사였다.

"이제 다시는 제 몸에서 나무가 자라지 않는 건가요?"

"그럼요."

"신기해요. 자르고 또 잘라도 불사신처럼 다시 나던 나무였는데……."

리사는 자신의 손에서 눈을 떼지 못했다. 언제 보았는지 기억도 나지 않는 하얀 손등. 여전히 믿기지 않는 기적이었다.

"리사."

대형 지도 앞에 선 윤도가 리사를 돌아보았다.

"네, 마법사님."

"마법사가 천리안을 가졌다는 건 알고 있지?"

"네."

"여기 말이야. 이 지도. 여기 뭔가가 하나 빠졌거든. 리사의 치료 기념으로 내가 그려 넣어도 될까?"

"그럼요. 뭘 그려 넣을 건데요?"

리사가 호기심을 보였다.

"여기 말이야. 여기가 마법사의 나라거든. 그런데 여기 작고 아름다운 섬이 빠졌어. 이름은 독도."

윤도가 울릉도 옆에 작은 점을 찍었다.

"나중에 가보고 싶어요."

"그러렴. 아마 반하게 될 거야."

윤도가 웃었다.

"리사의 아빠가 선생님 뵙기를 원하고 있어요."

부인이 윤도를 재촉했다. 그녀는 진작부터 치료가 끝나기만을 기다리던 참이다. 윤도가 부인의 뒤를 따랐다. 리사의 아빠 리처드슨은 웅장한 거실에 있었다.

"닥터 채."

윤도가 모습을 드러내자 한달음에 다가왔다.

"고맙습니다. 우리 리사의 은인입니다."

"리사가 잘 견뎌준 덕분입니다."

윤도의 대답은 겸허했다.

"리사는 언제부터 일상생활을 할 수 있을까요?"

"새살이 연약하니 일주일 정도면 되고 야외 활동은 한 달 후부터 하면 될 것 같습니다."

"일주일……."

리처드슨은 들떠 있었다. 그사이에 그의 핸드폰이 울렸다.

"확인하셨습니까?"

리처드슨의 목소리가 바로 높아졌다.

"그렇죠? 저도 차마 믿기지 않습니다. 아니, 우리 미국 의료진이 아니라 한국에서 온 닥터입니다. 그 있잖습니까? 이번에 왕년의 톱스타 엘리자베스의 악성 피부염과 치매를 고쳤다고 보도된… 네, 바로 그 닥터가 리사를 살렸습니다."

리처드슨이 통화하는 사람은 리사의 전 주치의 앤드류였다. 나중에 알았지만 미국 내에서도 세포암과 바이러스학의 대가였다. 어느 정도냐 하면 노벨상 후보로 두 번 올랐고, 3년 안에 수상이 유력한 의사이자 과학자였다.

"사진 그대로입니다. 나무 피부가 탈피라도 하듯 깨끗하게 나왔습니다. 포토샵이 아니라고요."

리처드슨은 행복한 목소리로 통화를 끝냈다.

"리사의 전 주치의입니다. 굉장히 유명한 분인데 믿을 수 없다고 하는군요. 아마 조만간 달려와서 확인할 듯합니다."

리처드슨의 목소리는 여전히 흥분에 휩싸여 있었다.

"여보, 그만 흥분하고 선생님을……."

부인이 주의를 환기시켰다. 그제야 리처드슨이 윤도에게 소파를 권했다.

"이거 제 명함입니다."

리처드슨이 명함을 내밀었다. 무심코 받아 든 윤도는 소리 없이 소스라쳤다.

'로빈손 회장?'

명함을 든 손이 파르르 떨렸다. '로빈손'이라면 세계 최대의 AI 업체였다. 로빈손은 그 자체로도 유명하지만 군수회사와 항공사, 패션회사까지 거느린 어마무시한 글로벌 기업이었다.

하지만 윤도의 놀람은 시작에 불과했다. 대화 중에 도착한 리무진 때문이다. 정원 앞에 흰 리무진이 도착하자 리처드슨이 잠시 자리를 비웠다. 차에서 내린 사람은 건강하게 마른

70대 후반의 노인이었다. 그러나 그냥 노인이 아니었다. 노련함이 밴 풍채와 걸음은 그가 보통 사람이 아님을 말해주었다. 그런데 그 인물 또한 로빈손이라는 회사만큼이나 기시감이 있었다.

'어디서 봤을까?'

골똘해 있는 사이 노인이 리사를 만나고 거실로 나왔다.

"닥터!"

그가 윤도를 보며 웃었다. 그제야 기억력이 윤도의 머리를 후려쳤다.

'전 미국 부통령 로날드?'

윤도의 정신 줄이 휘청거렸다. 가까이 다가오니 더욱 분명해졌다. 전 미국 부통령으로 미국 행정부의 대표적인 비밀 특사이자 상하원과 유대 자본에 막대한 영향력을 미친다는 그 인물이었다.

"고맙소. 나 리사의 할애비 되는 사람이라오."

로날드는 두 손으로 윤도의 손을 잡았다. 손녀에 대한 애정이 가득한 손길이다.

"리사 말로는 진짜 마법사라고?"

소파에 앉은 로날드가 물었다. 리처드슨 부부는 그 앞에 함께 자리를 잡았다.

"코리아 닥터입니다."

윤도가 정체(?)를 밝혔다.

"바늘 몇 개로 리사의 불치병을 고쳤다고 하던데?"

"침은 한의학에서 중요시하는 치료 도구입니다. 일침이구삼약이라고 침이 우선이지요."

"믿기지 않는구려. 차기 노벨상감으로 꼽히는 앤드류도 이병은 이 세기에 결코 정복되지 않을 거라고 했는데……."

"불치라 함은 한의학에서 말하는 기혈의 차이가 극악에 이른 상태를 말합니다. 다행히 리사가 저를 믿어주어 리사 안에서 찌들어가던 면역 기운을 교체하는 데 성공했습니다."

"그러니 마법사가 아니오?"

"과찬입니다. 그저 한 아이를 위해 최선을 다했을 뿐입니다."

"그 우연과 최선이 도쿄에서도, 베이징에서도?"

"하하."

윤도가 계면쩍게 웃어넘겼다. 로날드는 윤도의 정보를 머리에 담고 있었다.

"그나저나 이 마법사에게 어떻게 보답한다?"

로날드가 리처드슨 부부를 바라보았다.

"아버지 생각은 어떠십니까?"

"글쎄다. 리사를 구해준 대마법사에게 손때 묻은 세속의 돈다발이나 건넬 수도 없고……."

"저희 아버님, 리사를 위해 아낄 게 없는 분이십니다. 닥터께서 원하는 게 있으면 마음대로 요구하세요. 돈이라면 액수 같은 건 상관없고 보석이나 요트라도 상관없습니다."

부인이 윤도를 바라보았다.

"치료비는 10만 불이면 됩니다만, 다른 부탁이 하나 있습니다."

"10만 불?"

로날드의 미간이 일그러졌다. 그것으로는 턱도 없다는 표정이다.

"일단 다른 부탁이라는 것부터 말해보시오."

로날드가 상체를 당겨 앉았다.

"우연히 지역 신문을 보았는데 이 지역의 관공서와 박물관 등지에 우리나라 지도에서 섬 하나가 빠져 있다고 하더군요. 가능하다면 그걸 넣는 일을 도와주셨으면 합니다."

"섬이라면 독도?"

"……?"

요청을 날린 윤도가 잠시 소스라쳤다. 로날드, 놀랍게도 독도를 알고 있었다.

"내가 한국과 일본에 관심이 많거든. 심지어는 북한까지. 그 세 나라에 빠지고 더해질 문제라면 독도와 동해, 핵미사일밖에 없지. 아, 이제는 소녀상도?"

"그렇다면 전반적인 배경도 아시겠군요."

"독도야 한일 두 나라에게 늘 뜨거운 감자 아니오?"

"어렵겠지만 부탁드립니다."

윤도의 요청은 당당했다. 외교관은 아니지만 독도는 우리 땅. 성수혁이 고군분투하는 걸 보며 뭔가 보탬이 되고 싶은 참이었다. 동시에 미국 땅에 온 김에 의미 있는 일을 하나 만들고 싶었다.

"하하핫!"

윤도의 청을 받은 로날드가 미친 듯이 웃었다.

무리인가 싶을 때 로날드가 웃음을 끊었다.

"닥터 채."

"예."

"그래, 보석 같은 내 손주를 구해주고 청이 고작 그거란 말이오?"

"······!"

"듣자 하니 당신, 사력을 다해 치료했다고 들었소. 그러니 에어버스라도 한 대 달라면 내주고 한국에 있는 계열사 빌딩이라도 달라면 내줄 판이었다오."

에어버스, 초대형 여객기다. 돈으로 따지면 수백억 원이 될 일. 그러나 표정으로 보아 과장하는 건 아니었다.

"하긴 그런 마음이니 의술의 궁극에 이르렀겠지. 그건 돈

밝히는 인간들이 오를 수 있는 경지가 아니니."

"과찬이십니다."

"10만 불은 안 되오. 내 손녀의 가치를 스스로 깎아내리는 것이니 일단 100만 불로 합시다. 독도 지도 문제 역시 애써보리다. 치료비는 천천히 생각한 후에 다시 청구하시오. 당신이 한국으로 돌아간 후에도 언제든 유효하도록 백지 위임장을 써드리리다."

로널드는 그 자리에서 백지 위임장에 사인을 해주었다.

"저는 독도 지도면……."

"말하지 않았습니까? 내 손녀에 대한 프라이드의 문제라고."

"그렇게 하시지요. 우리 아버지 황소고집은 역대 대통령들도 꺾은 적이 없습니다. 심지어는 3세계의 엉뚱한 지도자들까지도 말입니다."

리처드슨이 거들고 나섰다.

"그럼 손을 좀 줘보시겠습니까?"

윤도가 로널드에게 말했다.

"손?"

로널드가 손을 내주었다. 맥을 잡아본 윤도가 어깨의 노수혈을 확인했다. 노수혈이 부어 있었다.

"팔이 뒤로 잘 가지 않지요? 혈압도 높으시고."

"오!"

로날드의 눈이 휘둥그레졌다.

"독도 표기 문제를 잘 부탁드린다는 뜻으로 침을 한 대 놓아드리겠습니다."

윤도가 장침을 꺼냈다. 침은 정말 딱 한 방이었다.

"이제 움직여 보시죠."

발침을 하며 로날드를 바라보았다. 로날드는 어깨를 꿈질거리더니 이리저리 움직여 보았다. 기름이라도 친 듯 어깨가 자유로웠다.

"맙소사, 이거 대체……."

"혈압 좀 재보세요."

윤도가 정나현을 불렀다. 즉석에서 혈압을 측정했다. 첫 번째 측정에서 정상치에 가까운 수치가 나왔다. 로날드가 놀라기에 이번에는 재택 간호사를 시켰다. 그녀의 측정도 다르지 않았다.

"미러클!"

로날드가 입을 쩍 벌렸다. 윤도에게는 별것도 아닌 일. 그러나 50이 넘으면서부터 20여 년 넘도록 혈압 약을 먹어온 로날드에게는 마법 그 자체였다.

"세상에… 기본 검사도 없이 질병을 알아내고 고쳐내다니……."

로날드는 팔을 움직여 보면서도 믿기지 않는다는 표정을 지었다.

"노수혈이라고 혈압을 조절할 수 있는 혈자리입니다. 어깨와 팔꿈치 및 사지의 신경마비도 그 혈자리를 조절하면 고칠 수 있지요."

"그럼 저도 한번 봐주실 수 있을까요?"

아들 리처드슨이 말했다. 그 역시 아버지를 닮아 고혈압이 오고 있었다. 어려울 것도 없었다. 리처드슨의 노수혈에도 장침 한 방이 들어갔다. 그것으로 정상 혈압으로 돌아왔다.

"역시 세상은 오래 살고 볼 일이다. 인생이란 죽을 때까지 공부의 연속이라고 하더니……."

로날드는 장침에서 눈을 떼지 못했다. 윤도는 그 침을 기념으로 주었다. 그 자리에서 요청이 하나 들어왔다. 리사의 치료를 맡고 있던 앤드류였다. 그가 미치도록 매진하고도 잡아내지 못한 인유두종 바이러스. 그렇기에 간청하다시피 윤도와의 만남을 원했다. 윤도가 그 청을 받았다. 기왕 날아온 현대 의학의 심장부 미국. 개가를 올렸으니 못 만날 이유가 없었다.

앤드류가 달려왔다. 윤도의 수락이 떨어진 지 한 시간 남짓 되었다.

"오, 신이시여!"

리사를 확인한 그는 두 손을 모은 기도 자세로 무너졌다.

리사를 보고, 그 몸에서 떨어져 나온 나무 피부를 보고, 윤도의 수술 도구(?)로 알려진 장침을 보았다. 아무리 보아도 매칭이 되지 않는 그림. 그는 미치도록 경련하고 있었다.

"대체……"

몸서리치는 그에게 윤도는 가벼운 목인사로 예를 표했다.

"축하하오."

정신을 차린 앤드류가 윤도에게 말했다. 의학자로서 보내는 진정한 인정이었다. 그 자신이 그토록 갈망하던 성취에 대한 경이. 그 경이에 보내는 진심이었다.

"지금 메사추세츠에 있다고요?"

"예."

"내 연구소도 거기서 가깝다오. 괜찮다면 한번 방문해 주시려오? 나무인간 증후군과 함께 각종 질병에 대한 선생님의 고견을 듣고 싶소."

"오래 걸리지 않는다면 그렇게 하지요."

윤도가 요청을 받아들였다. 질병과 싸우는 사람이라면 모두 동지에 속했다. 더구나 그는 미국 최고 의학자이자 과학자 중 한 사람. 윤도도 호기심이 있었다.

"고맙소. 내 무덤에 가서도 당신을 잊지 않을 거라오."

떠나기 직전 로날드가 윤도를 포옹했다. 리사에게 마법사로 불린 윤도. 그러나 세계적인 거물을 앞에 두고 보니 로날드가 마법사처럼 보였다. 로날드는 정말 마음에 드는 마법을 부렸다. 단 하루 만에 시청과 의회, 박물관 등에 걸린 지도를 싹 바꾼 것이다. 일본 측의 항의가 빗발쳤지만 지도는 다시 바뀌지 않았다.

매직!

마법사는 윤도 한 사람만이 아니었다. 세상은 넓고 또 넓었으니 로날드는 윤도와 교민들 마음에 정치 수완이라는 마법으로 화답한 것이다.

*   *   *

"……!"

연구소에 들어선 윤도의 동공에 살포시 경련이 일었다. 세계 최고의 암세포 학자이자 바이러스 학자로 불리는 앤드류의 연구소였다. 그 중심 랩은 하나의 신세계였다. 윤도의 약제실이나 강외제약의 연구실과는 차원이 달랐다. 화려해서 그런 게 아니라 심도 있는 연구 분위기 때문이다.

연구실 입구에서 그는 손부터 씻었다. 윤도도 따라 씻었다. 의학자의 시작은 손 씻기에 있는지도 모른다. 이 사소한 생략으로 비롯된 비극이 한둘이 아니다. 뜻밖에도 한국의 의료인은 손 씻기에 둔감하다는 자료가 있다. 그들은 조사 기간 등에만 손을 잘 씻는다. 10여 년간의 조사에서 고작 19%가 손을 씻는다는 답변이 나왔다. 그 사소한 간과로 병원에서 병을 얻어간 사람이 얼마나 되는지 신도 모를 일이다.

하지만 앤드류는 손 씻기부터 몹시 진지했다. 손 씻기 하나부터 수술을 하듯 정성을 다하는 자세가 윤도의 눈길을 끌었다.

"제가 배양하던 리사의 나무 세포들입니다."

앤드류가 몇 가지 샘플을 보여주었다. 그가 배양하던 균주는 한둘이 아니었다. 한두 가지 방법도 아니었다. 앤드류는 처음에 로날드와 친분이 없었다. 그 아들 리처드슨도 마찬가지였다. 그러다 지인 닥터를 통해 사연을 알았다. 앤드류가 전격 출격했다. 공명심이나 재벌에 대한 교류가 아니라 질병에 대한 탐구심과 개척자 정신 때문이었다.

리사와 인연을 맺고는 충심으로 환자를 돌보았다. 대부호이자 정치 거물 로널드의 손녀여서가 아니었다. 그는 진심으로 나무인간 증후군에 관심이 있었다. 인간의 몸에 자라는 질병, 그중에서도 불치의 병이나 미지의 균주들이 그랬다.

로널드는 그 정열과 진심에 반했다. 그리하여 그들 일가와 앤드류는 신분과 나이를 초월하여 친구가 되었다. 연구소의 첨단 장비들 역시 상당수가 그들의 지원이었다.

3세계뿐만 아니라 세계의 빈국 환자들도 차별 없이 돌보는 앤드류. 리사의 치료를 위해 백방으로 노력했다. 처음에는 소기의 성과도 얻었다. 생쥐 실험과 배양을 통해 리사의 몸에 난 나무 피부의 자연 탈락법을 찾아낸 것이다. 변이를 일으킨 세포 말단의 산소 차단술. 말단에 주사하는 약제로써 상당 부분 효과를 보았다.

하지만 한순간뿐이었다. 앤드류의 벅참은 이내 실망으로 바뀌었다. 잠시 주춤하던 나무 피부는 다시 자라기 시작했다. 약제의 농도를 다섯 배까지 강화시켜도 결과는 똑같았다. 결국 앤드로는 두 손을 들었다. 치료보다 관리 쪽으로 선회한 것이다.

그런데 이 새파란 한국인이 그 좌절 위에 보란 듯이 서 있었다. 그것도 장침이라는 동양적 의료 도구 하나만으로.

"나는……."

균주 배양 접시 하나를 집어 든 앤드류가 말을 이었다.

"새로운 균주를 만날 때마다 가슴이 벅찹니다. 이것들이야 말로 인간이 정복하지 못한 불치에 대한 단서가 될 수 있으니 까요."

"예."

윤도가 추임새를 넣었다.

"내 신념은 그랬습니다. 하지만 채 선생님을 보고 달리 생각할 수밖에 없군요."

"……."

"혈자리라고 했죠, 채 선생님 치료법의 원리가?"

"그렇습니다."

"저도 그 공부는 조금 했습니다. 인체에는 기가 흐르는 경락이라는 것이 있다. 경락은 기혈의 통로로 경맥과 낙맥으로 나뉜다. 경맥은 세로로 인체를 관장하고 낙맥은 인체의 각 부위에 신경망처럼 퍼져 인체 기능의 조화를 이룬다. 이러한 경락은 12경맥, 12경별, 기경 8맥, 15낙맥 등으로 세분화된다. 한의사는 이런 경락에 침술을 이용해 기혈의 흐름을 바로잡아 치료에 응용한다. 침을 놓는 자리는 혈자리로 경혈이라고 하며, 경락이 흘러가는 곳곳에 존재하는 신묘한 홀(Hall)이다."

"……"

앤드류의 설명에 윤도의 귀가 쫑긋 세워졌다. 너무나 정확한 이해에 등골이 오싹해지는 것이다. 과연 진짜 대가는 달랐다.

한의학 따위가 아니라 다른 학문의 실체를 인정하고 탐구하고 있는 그였다.

"한의학에 대해 저보다 해박하신 것 같습니다."

윤도가 답했다.

"나는 뜬구름이오. 선생님은 실체지요. 이번 리사의 치료에서 극명하게 드러난 팩트입니다. 그녀를 위해 안 해본 궁리가 없으니까요. Grasin prefilld를 비롯해 백혈구 생성 촉진까지 시도했지만 결과는 언제나 제자리였습니다."

"리사의 경우는 행운이 따랐습니다. 또 다른 나무인간 증후군을 만난다면 장담할 수 없습니다."

"의학자로서의 덕목 또한 뛰어나군요. 만약 선생님이 리사의 경우를 들어 오만불손하게 나왔다면 더 이상 상대하지 않았을지도 모릅니다. 의학이나 과학에 있어 단 한 번의 성공이 보편화되는 데는 많은 시간이 필요합니다. 단, 그 한 번의 성공이 보편화의 시작일 수는 있지요."

"공감합니다."

"죄송하지만 그 침술에 대해 더 알 수 없을까요? 실은 제가 오래전부터 침술에도 관심이 있었습니다만 선생님의 침술은 아주 다르기에 그렇습니다."

"침술에 관심이 있으십니까?"

"그럼요. 전에 류머티즘과 척추 감염을 연구할 때 중국에서 온 한의사들의 도움을 받기도 했습니다. 그에 매료되어 해마다 중국으로 명의 연수를 가는 우리 학생들에게 비용도 지원하고 있고요."

"명의 연수를 지원하고 있다고요?"

윤도가 고개를 들었다.

"네. 왜 그러시는지요?"

"그럼 혹시 맥과이어도?"

"오, 맥과이어를 아십니까? 그 친구 역시 제 장학생 중의 한

명입니다."

"……!"

윤도의 숨이 멈췄다. 세상은 좁다더니 그 말을 실감하는 순간이다.

"하핫, 이거 우리가 인연이 없는 것도 아니었군요. 맥파이어를 아시다니……."

앤드류도 고무되었다. 합리주의 미국인에게도 인연은 큰 의미가 있는 모양이다.

그는 진행 중인 자신의 연구 여러 가지를 보여주었다. 그때마다 물론 손을 씻었다. 매번 진지했다.

'앤드류……'

윤도의 고개가 저절로 끄덕여졌다. 저건 보여주기 위한 게 아니었다. 생활화된 것이다. 조금 열심히 손을 씻으면 일이나 잘하라며 눈치와 면박을 주는 한국의 풍토에 보여주고 싶은 장면이다.

멸균풍으로 손을 말린 앤드류가 배양 표본을 보여주었다. HIV도 있고 에볼라와 슈퍼박테리아, 아직 명명조차 하지 못한 변이 균주들도 있었다.

현대 의학.

윤도도 고개를 끄덕이게 되었다. 현대 의학이 막강해지는 데는 이유가 있었다. 이렇게 자신의 몸을 돌보지 않고 질병 퇴치와 균주 규명을 위해 매진하는 의학자들이 있기 때문이었다. 거기에 비하면 한의학은? 이런 측면은 본받을 일이 분명했다.

'오기를 잘했다.'

윤도는 마음으로 인정했다. 윤도 자신에 대한 채찍과 모범이 될 수 있는 대학자가 분명했다.

찍찍!

실험쥐가 윤도의 손에서 꿈틀거렸다. 실험쥐는 나무인간 중후군에 감염되어 있었다. 앤드류가 치료약을 찾기 위해 감염시킨 사례였다. 실험쥐의 사지를 고정시켰다. 그런 다음 세침을 찔렀다. 쥐가 작기에 장침은 쓰지 않았다.

리사의 원리에 따라 신장과 비장의 기능을 최대로 끌어올렸다. 신장의 지원을 받은 골수가 왕성하게 작동했다. 비장도 그랬다. 10여 분이 지나자 쥐가 비명을 질렀다. 동시에 쥐의 발에 돋아난 나무 피부가 떨어져 나갔다.

"……!"

앤드류가 휘청거렸다. 리사에게 일어난 기적의 재현이었다. 쥐는 숨을 멈췄다. 윤도의 시범도 끝이 났다.

"이거……"

앤드류는 분리된 나무 피부를 들고 또 경련했다. 하지만 그의 경악은 아직 끝이 아니었다. 윤도가 죽은 쥐를 집어 들었다. 다시 세침을 넣었다. 몇 분쯤 침감을 조절해 주자 죽었던 쥐가 눈을 떴다.

찌익!

윤도가 놓아주자 쥐는 투명 상자 구석으로 뛰어가 숨었다. 앤드류는 손에 든 나무 피부를 떨어뜨리고 말았다.

"간염이 심한 실험쥐지만 그대로 죽게 할 수는 없어서 말이죠."

"간염이라고요?"

놀라는 앤드류.

"아닌가요? 제 생각에는 간염 바이러스에 감염된 것 같습니다만……."

"침으로 간염도 찾을 수 있다는 말씀인가요?"

"예."

"맙소사!"

"죄송합니다. 제가 너무 오버하고 있나 봅니다. 저는 그냥 박사님 같은 분을 만난 게 좋아서……."

"잠깐만요."

앤드류가 조수를 불렀다. 금발의 조수가 진단 키트를 가져왔다.

"이건 제가 개발한 12종 바이러스 진단 퀵 테스트입니다. 정확도가 94%에 달하니 믿을 만하거든요."

앤드류가 방금 전의 쥐를 집어 들었다. 쥐의 피 한 방울이 키트의 홈에 떨어졌다.

키트의 반응을 보던 앤드류의 시선이 멈춰 버렸다. 반응이 나왔다. 정상이면 C 라인에만 반응이, 간염이면 여섯 번째 줄이 칼라로 변하는 매트에 분홍빛이 뜬 것이다.

"이, 이럴 수가……."

"다른 걸로 한 번 더 해 보일까요?"

윤도가 웃었다. 앤드류는 차마 말도 못하고 고개만 끄덕거렸다. 윤도가 다른 쥐를 집어 들었다. 그 발목에 세침을 넣더니 쥐를 내려놓았다. 세 번째 집어 든 쥐에서는 암 진단이 나왔다.

"이 쥐는 신장암과 췌장암, 나아가 위암까지 걸린 것 같습니다."

윤도가 쥐를 들어 보였다. 보기에는 팔팔한 실험쥐. 다시 앤드류가 확인에 들어갔다. 이번에는 암 진단 키트 세 개가 동원되었다. 세 개의 매트는 모두 양성의 결과를 내주었다. 윤도의 진단은 100%였다.

"채 선생님……."

앤드류의 목소리가 미친 듯이 떨렸다. 거의 10여 분 가까이 그랬다. 채윤도, 그는 앤드류가 생각하는 이상이었다. 단순히 인유두종 바이러스만을 다스릴 수 있는 게 아니었다.

"채 선생님."

정신을 수습한 앤드류가 차분하게 운을 뗐다.

"말씀하시죠."

"진심으로 탄복합니다. 선생님은 침술에 대한 제 관념을 송두리째 뒤집어놓았습니다."

"과찬이십니다."

"선생님의 침, 그야말로 만병통치로군요. 연구실에서 균주 하나를 놓고 씨름하는 저와는 차원 자체가 다릅니다."

"그럴 리가요. 저는 오늘 박사님의 연구실을 보고 몹시 부끄러웠습니다. 이토록 맹렬하게 미지와 질병을 탐구하는 분이 계신데 너무 침 하나에 묻혀 살았다고……."

"그렇다면 우리는 좋은 친구가 될 수 있겠군요."

"그렇게 생각해 주신다면 영광입니다."

"그 말씀 또한 진심이라면 제 연구를 좀 도와주시겠습니까?"

"박사님의 연구를요?"

"나무인간 증후군, 즉 인유두종 바이러스에 대한 공동 연구를 제의합니다. 선생님과 제가 동등한 입장으로 말입니다. 아, 선생님이 주가 되어도 좋습니다."

앤드류의 시선은 한없이 소탈했다. 이해득실을 따지고 이용하려는 인간의 눈이 아니었다.

"박사님."

"진심입니다. 우리 인간은 헤쳐 나가야 할 난제가 많습니다. 지금 제가 파악한 것만으로도 지구상에 나무인간이나 산호인간 증후군으로 고생하는 환자가 20여 명이 넘습니다. 인류 전체로 보아서는 미미하지만 불치병이란 언제 어떤 양상으로 변할지 모르니 소소할 때 정복해 나가야 한다고 생각합니다."

"……."

"물론 선생님의 능력이라면 문제가 없겠지만 그렇다고 지구 곳곳의 환자들을 찾아다니기란 역부족이지요."

"공감합니다."

"부탁합니다. 이 연구, 제가 8년째 하는 과제입니다. 인유두종 바이러스를 통제할 수 있다면 외부 감염인 나무인간 증후군은 물론이고 내부 감염으로 인해 자궁경부암에 걸린 여성들을 구할 수 있습니다. 세계적으로 치면 엄청난 숫자가 될 것입니다."

"박사님."

"이 연구, 특별한 보상은 없겠지만 나무인간 증후군에 대한 발병 기전만 밝혀도 노벨의학상 후보에 오를 수 있을 겁니다. 물론 운이 좋으면 수상을 할 수도 있고 말입니다."

"그런 엄청난 연구에 저를 파트너로요?"

윤도의 시선이 출렁거렸다.

"천만에요. 당신을 만난 건 나의 행운입니다."

앤드류가 못을 박았다.

노벨의학상.

한국과는 인연이 먼 상이다. 노벨상이라면 전직 대통령이 받은 평화상이 유일하다. 기타 문학상 쪽에 더러 후보 소식이 있지만 물리학상, 화학상, 의학상 등은 아직 물꼬를 트지 못한 한국이었다. 더구나 앤드류는 이미 노벨상 물망으로 회자되고 있는 저명한 의학자. 단순히 윤도에게 던지는 떡밥이 아니었다.

"노벨상이야 제가 언급할 주제가 못 됩니다. 다만 박사님께 도움이 될 수 있다면 돕도록 하겠습니다."

윤도가 수락 의사를 밝혔다. 상 때문이 아니었다. 앤드류는 인류를 대표하는 연구자가 분명했다. 이런 사람과 인연을 맺을 수 있다는 건 윤도의 발전에도 도움이 될 것으로 보았다.

앤드류와의 대화가 길어졌다. 침술과 한방에 관한 이야기였다. 앤드류의 눈이 반짝거리며 쉴 새 없이 메모를 했다. 세계 최고의 석학이기에 윤도 정도는 무시할 수도 있는 사람. 그러나 그는 윤도의 생각을 스펀지처럼 받아들이며 한의학을 존중해 주었다.

윤도와 앤드류는 그렇게 친구가 되었다. 둘 사이에 인종과 나이는 문제가 되지 않았다. 같은 길을 가는 동지 의식이 더 큰 것이다.

공동 연구.

느닷없는 과제를 안고 윤도가 연구소를 나왔다. 앤드류는
윤도가 보이지 않을 때까지 손을 흔들어주었다.

3. 달콤한 전리품들

"이겁니다."

미국을 떠나기 전날 성수혁이 박물관 벽의 지도를 보며 말했다. 류수완과 정나현까지 함께한 자리였다. 윤도네 일행이 마무리 파티장으로 가면서 들른 코스였다.

초대형 세계지도.

거기에 또렷이 독도가 보였다.

마음 뿌듯해질 때 한인회장단이 다가왔다. 그는 성수혁을 통해 윤도의 쾌거를 듣고 있었다.

"진짜 대단한 일을 하셨습니다. 우린 거의 지쳐가던 판이었는데……."

회장이 윤도에게 고마움을 전했다.

"아닙니다. 저야 그저 숟가락 하나 얹었을 뿐입니다."

"그럴 리가요. 지역신문에서 채 선생님 의술에 대한 찬사가 끊이지 않고 있습니다. 언제 정식으로 초대할 테니 오셔서 우리 교민들 중병도 좀 돌봐주시기 바랍니다."

"그러죠."

대답을 하며 다시 한번 지도를 보았다.

독도…….

그 이름은 왜 늘 혀에 감길까?

'매직!'

선명한 표기를 보며 윤도는 로날드의 '정치 마법'에 한 번 더 뜨거운 찬사를 보냈다.

챙!

샴페인 잔이 허공에서 맑은 키스를 나누었다. 류수완이 한턱내는 자리였다. 미국의 일정은 모두 끝났다. 올 때의 기준으로 보면 200% 달성이었다.

"독도 만세!"

정나현의 건배사였다. 윤도의 딜을 아는 그녀였기에 목소리도 당찼다. 지도에 찍힌 점 하나. 그건 그녀에게도 뜨거운 자부심이었다.

200% 달성.

그 전리품은 보석보다 빛났다.

첫째는 치매 신약이었다. 윤도의 활약이 바탕이 되었다. 메사추세츠 병원을 들었다 놓은 것이다. 입원 환자 19명을 완치시켜 일상으로 돌려보냈다. 게다가 그중에는 톱스타 엘리자베스도 있었다. 그녀는 오늘도 미국 언론의 한 면을 장식하고 있었다. 불과 며칠 사이에 과거의 모습에 근접한 얼굴이었다.

역경을 이겨낸 그녀에게 커다란 딜도 들어왔다. 미국 최고 감독의 차기작 여주인공 캐스팅 제의가 있었고, 드라마 사상 최고의 예산을 퍼붓는 극에서도 여주인공을 타진해 왔다.

CF도 줄을 이었다. 그녀는 행복한 비명에 질렀다. 폭풍 뒤에 평화가 온다더니 그 말을 실감하는 엘리자베스였다.

다음 개가는 인유두종 바이러스 치료였다. 그 또한 언론의 집중 조명을 받았다. 그동안 보안을 유지하던 로날드와 리처드슨이 커밍아웃을 한 것이다. 그들 부자도 언론의 찬사를 받았다. 가족의 비극을 감춘 채 사회 공헌을 해온 리더십에 대한 칭송이었다.

마지막은 독도의 지도 표기였다. 인유두종 바이러스와 독도 표기는 방미 예정에 없었지만 커다란 자부심이 아닐 수 없었다.

미국 땅에서 인맥 형성도 넓혔다. 우선은 골프 선수 빌런이었다. 그의 수술도 무사히 끝났다. 작별 인사차 들른 자리에서 윤도는 그의 두통과 흉곽 결림을 침 두 방으로 해결해 주었다. 나이스 샷이 아닐 수 없었다.

"골프를 배울 생각이 있다면 언제 어디서든 평생 무료 레슨을 보장하겠습니다."

빌런의 인사였다. 말이라도 고마웠다.

엘리자베스와 리처드슨 부자도 리사와 더불어 큰 경험이자 재산으로 남게 되었다.

그 외에 치매전문병원에서의 침술 봉사도 빼놓을 수 없었다. 지상 최고의 시스템을 갖춘 메사추세츠 치매병원. 거기서도 윤도는 개가는 빛이 났다. 한나절 침술 봉사로 20명이 넘는 환자에게 제정신을 선물한 것이다.

아차, 앤드류가 빠졌다. 그와 공동으로 연구하기로 한 인유두종 바이러스. 그건 일부러 빼놓은 윤도였다. 앤드류는 어찌 보면 미국 땅에서 만난 또 하나의 헤이싼시호였다. 그에게서 새로운 깨달음을 얻었다. 그래서 마음 깊이 갈피로 찔러두었다.

"저는 채 선생님만 보면 살맛이 납니다. 열심히 일하고 싶은 의욕도 샘솟고요."

류수완은 잔뜩 상기되어 있었다. 치매 신약은 북미 시장에 제대로 상륙했다. 며칠 사이에 들어온 주문만 해도 몇 년 치생산량으로 모자랄 지경이었다. 이제 윤도와 류수완의 강외제약은 돈방석에 앉은 것과도 같았다.

"이 기회에 아주 신약 개발로 나서시지요?"

차 이사가 목소리를 높였다.

"그럴까요?"

윤도가 은은한 미소로 맞장구를 쳤다.

"선생님만 좋다면야 저희가 모든 준비를 갖추겠습니다."

"그것도 나쁘지 않지만 한의사는 역시 환자를 고쳐야겠죠."

윤도는 흔들리지 않았다.

"한의원에서 고치는 것보다 신약으로 고치는 게 더 많은 병자를 구할 수 있습니다."

"양이 아니라 질의 문제입니다. 보편적인 질환보다 난치병을 고칠 때 보람도 있고요. 한의사나 의사들이 그런 어려운 과정을 넘어야지만 신약의 발전도 함께 이루어진다고 봅니다."

"그렇군요. 제 생각이 짧았습니다."

차 이사가 두 손을 들었다.

파티를 겸한 식사가 끝났다. 이제는 한국행 비행기를 탈 시간이었다. 두 대의 차량에 분승한 윤도 일행이 공항으로 출발했다. 공항이 가까울 무렵 카톡이 들어왔다.

'응?'

첨부된 사진에 윤도의 눈이 휘둥그레졌다. 소방공무원 구대홍이었다.

[선생님 기사를 봤습니다. 미국에서도 멋지시네요. 제 첫 화
재 진압 사진 보여 드려요. 선생님께 바칩니다.]

진압 복장 사진이었다. 대형 유리창을 깨서 10여 명을 대피
시킨 구대홍. 시커멓게 그을린 얼굴이었다. 괜히 눈앞이 핑 돌
았다.

[멋지네요. 최고의 소방관이 되기를 바랍니다.]

답글을 남길 때 전화가 걸려왔다. 이번에는 엘리자베스였
다.
─선생님, 어디 계세요?
"어, 저희 지금 공항으로 가는 중인데요?"
─알겠습니다. 저도 지금 공항 앞이에요.
"출국하세요?"
─아뇨. 선생님 배웅하려고요.
"저를요?"
─기다리고 있겠습니다.
전화는 그렇게 끊겼다.

"팬입니까?"

옆자리의 류수완이 물었다.

"엘리자베스입니다. 배웅을 나온다는데요?"

"정말요?"

"예. 집에서 가료 중이라더니……."

"하긴 생명의 은인이잖습니까? 그대로 흉측하게 잊힐 비운의 스타였는데 선생님이 되살려 놓으셨으니……."

류수완이 웃었다. 어느새 공항이 코앞이다.

"이거 받아주세요."

입국장 앞에서 엘리자베스가 작은 상자를 내밀었다.

"뭐죠?"

윤도가 물었다.

"제가 아끼는 장신구예요. 앙크(Ankh)라고, 고대 이집트 형상문자 하이어로글리프(hyeroglyph)인데 영원한 삶이라는 뜻을 가지고 있습니다. 선생님이 받아주시면 고맙겠습니다."

"엘리자베스, 이 귀한 걸……."

윤도가 미간을 좁혔다. 윤도의 기억에 있는 장신구였다. 삶을 포기한 그녀의 목에서 그녀를 지키고 있던 장신구.

"받아주세요."

함께 나온 어머니도 간곡함을 감추지 않았다. 순금의 앙크. 그 뒤에는 엘리자베스의 이니셜이 쓰여 있었다. 돈으로 쳐도

꽤 나가겠지만 정성만을 생각해 받기로 했다.

"저 언제든지 몸에 이상이 생기면 선생님 찾아갈 거예요. 그래도 되죠?"

"그럼요. 제 명함은 잘 챙기셨죠?"

"제 보물 상자 속에 꼭꼭 넣어두었어요. 하지만 아프거나 하는 것보다 좋은 일로 선생님을 뵙게 되기를 바랍니다."

"그러셔야죠. 저희 신약 CF도 찍으셔야 하고……."

"그건 지금 당장 찍어도 문제없어요."

"하핫, 우리 류 사장님이 곧 스케줄 잡아서 연락드릴 겁니다."

"기왕이면 한국에서 찍었으면 좋겠네요. 선생님도 뵐 겸."

"그럴까요?"

"선생님 덕분에 최고의 감독님과 영화를 찍게 되었어요. 한국에서도 개봉한다니 CF가 안 되면 개봉 인사 때 찾아뵐게요."

"그러세요."

그것으로 인사를 마감했다.

윤도는 일행 중에 마지막으로 입국 심사를 받았다. 두 눈에 검색 직원들이 들어오자 기억이 철렁해지는 윤도였다. 하지만 걱정할 것 없었다. 저만치에서 다가온 검색 직원 때문이다. 알고 보니 그녀였다. 윤도에게 빨간 여드름을 치료받은 안경 쓴 여직원. 안경을 벗고 경쾌한 화장을 한 바람에 알아보지 못한 윤도였다.

"돌아가시는 건가요?"

그녀가 물었다.

"네."

"인터넷으로 당신 의술 기사를 봤어요. 그렇게 훌륭한 분인 줄도 모르고……."

여직원이 엄지를 세워 보였다.

"고맙습니다. 이제는 한국인들에게 너무 빡빡하게 하지 말아주세요."

당부를 남기고 탑승장으로 걸었다. 여직원은 그 뒤통수를 향해 거수경례로 마음을 전했다.

면세점이 나오자 정나현과 여직원이 한눈을 팔기 시작했다.

"뭐 살 거 있어요?"

윤도가 정나현에게 물었다.

"그게 아니고… 배 샘, 김 샘, 그리고 진 실장님 기념품이라도 하나씩 사야 할 거 같아서요."

"아, 그렇군요."

윤도가 손가락을 튕겼다. 여자의 감성은 세심했다. 늘 그냥 돌아가던 윤도와는 다른 것이다.

"이걸로 사세요. 어차피 공무 출장이니까."

윤도가 카드를 내밀었다.

"그런 거 없어도 돼요. 저도 돈 있거든요."

"공무잖아요. 팍팍 쓰세요. 천 불이든 만 불이든……."

"원장님, 600불 이상 되면 정부 리스트에 올라가는 거 모르세요?"

"600불이요?"

"해외에서 한 번에 600불 이상 긁으면 국세청에 통보된다고요."

"으음, 그런 일이… 600불이라야 60만 원인데……."

"그러니까 넣어두세요. 제가 달러 바꿔온 거 있거든요. 그동안 너무 바빠서 고스란히 남았어요."

"그럼 알아서 하세요."

정나현에게 전권을 넘겨주었다. 쇼핑이야 역시 여자들이 전문가니까.

"채 선생님."

탑승구 앞에서 류수완이 손짓했다. 그는 여기서도 노트북을 펼치고 업무를 보고 있었다.

"방금 한국 본사 보고를 받았는데요, 한국에서도 좋은 일이 있을 거 같습니다."

"좋은 일이라면?"

"우리 국내 담당 이사 말이 복지부 쪽에서 입질이 왔답니다."

"······?"

"지금 정부에서 치매 퇴치 20년 장기 플랜을 구상 중이라고 합니다. 노령화가 가속되면서 치매 환자가 사회적 문제가 되니까 정부 차원에서 올인하려는 거죠."

"그런 사업은 이미 벌이고 있지 않나요? 간병 제도를 비롯해서······."

"그건 소극적 의미의 사업이죠. 이번에 구상하는 건 근본적인 프로젝트 같습니다. 예산만 해도 비교가 안 될 정도랍니다."

"그래서요?"

"자세한 말은 안 하는데 우리 치매 신약에 대한 상세 자료와 생산 규모 등의 데이터를 달라고 했답니다."

"······?"

"속단하기는 이르지만 신약을 정부의 장기 플랜 구상에 맞춰보려는 것 같습니다. 쉽게 말하면 지정 약품 같은 거죠."

"지정 약품?"

"1차적으로 치매 진단을 받으면 우리 신약을 무상으로 공급하는 제도 같은 거 말입니다. 물론 그 비용은 정부에서 부담하겠죠."

"그렇게 되면……?"

"맞습니다. 엄청난 매출이 보장됩니다. 뿐만 아니라 정부 지정 약이 되면 다른 국가에 대한 홍보도 수월해지고요. 이거 제 생각대로 된다면 북미 시장 선점과 함께 세계 대표 치매약으로 등극할 가능성도 높아집니다."

"단순히 자료만 달라고 했을 수도 있잖습니까?"

"사안은 그렇지만 본질을 들여다보면 그렇지 않습니다. 국내 언론과 방송에도 채 선생님의 미국 활약이 대대적으로 보도되었습니다. 우리 차 이사가 그런 쪽 촉이 기가 막히거든요. 거기다 성수혁 기자도 현장 중계 기사로 도움을 주어서……."

"……?"

"채 선생님의 인지도와 그간 이룬 신뢰성, 거기에 북미 시장의 반응까지 올려놓았기에 복지부가 움직인 겁니다. 우연한 입질이거나 다른 대형 제약사들의 들러리로 서는 게 아니라는 겁니다."

"사장님."

"이건 기밀인데……."

주변을 돌아본 류수완이 은밀하게 뒷말을 이었다.

"우리 직원들이 인맥을 동원해 체크한 결과 처음에는 고려의 대상이 아니었던 우리 치매 신약이 이번에 급거 부각되었다는 후문도 있습니다."

"그래요?"

"그리고……."

류수완이 이번에는 윤도의 귀를 향해 바짝 다가왔다. 그러곤 속삭이듯 문장을 윤도의 귓속으로 밀어 넣었다.

"그 발원지가 청와대라고 합니다. 거기서 선생님과 치매 신약을 콕 찍어서 함께 검토하라는 특별 지시를 내렸다고……."

"……!"

집중하던 윤도가 왈딱 고개를 들었다. 류수완의 손은 '쉬잇'을 가리키고 있었다.

청와대의 특별 지시?

윤도의 머릿속에서 대통령의 모습이 팽글팽글 돌기 시작했다.

4. 죽은 혈과 산 혈의 기묘한 동거

인천공항에 착륙하자 긴장이 풀리며 피로감이 엄습했다. 오래가지는 않았다. 환영 나온 반가운 얼굴들 때문이다. 가족을 위시해 직원들까지 총출동했다.

"선생님."

윤도에게 마지막으로 다가온 사람은 부용이었다. 뒷줄에서 묵묵히 지켜보다 꽃다발을 안겨주는 그녀였다.

"중국에서 언제 돌아왔어요?"

"이틀 전에요."

그녀가 웃었다.

"베이징 공연은요?"

"초대박이죠. 중국 고위층도 많이 오고 중국 주요 방송사에서 생방송도 했어요."

"와아!"

"하지만 선생님만큼은 아니죠."

부용이 핸드폰 기사를 열어 보였다. 엘리자베스와 윤도가 함께 찍은 인터넷 보도였다. 성수혁이 쓴 인유두종 바이러스 치료 성공에 대한 기사도 보였다.

"어, 그 사진은……."

엘리자베스의 사진을 본 윤도가 얼굴을 붉혔다. 너무 정다운 각도였다.

"질투 아니에요. 가는 곳마다 장침 기적을 일으키는 선생님이 대단해서……."

"하핫, 어디 가서 차라도 한잔해야죠?"

"아뇨, 나오신 분들 많은데… 그리고 저, 다음 광동성 공연 준비 때문에 출국해야 해요."

"지금요?"

"마침 시간이 맞아 기다린 참이었어요. 다녀와서 연락할게요."

부용은 간단한 인사를 놓고 물러났다.

돌아보는 사이도 없이 승주와 연재가 꽃을 안겨주었다. 동생 윤철의 꽃도 그 위에 쌓였다.

"웬일이냐? 네가 꽃을 다 쏘고."

윤도가 윤철을 바라보았다.

"윤철이 취직했단다. 인턴이지만 첫 달 월급 나왔다고 네 구두도 선물로 사다 놨어."

어머니가 윤도의 팔뚝을 치며 웃었다.

"이야, 우리 아우님 대단한데? 그런데 왜 형한테 말 안 했냐?"

"에이, 맨날 바빠서 집에도 잘 안 온 게 누군데? 툭하면 외국으로 튀고……."

"내가 그랬냐?"

"아무튼 축하해. 우리 형이 갑이다."

"얌마, 너도 축하한다."

윤도가 윤철의 어깨를 부여잡았다. 철없는 것 같지만 그래도 제 몫은 하는 윤철이다.

"아버지는요?"

집에 돌아온 윤도가 짐을 풀며 물었다. 아버지도 윤도 못지않게 바빴다. 그렇기에 안부라도 챙기는 윤도였다.

"형, 아버지……."

"쉬잇!"

윤철이 나서자 어머니가 말문을 가로막았다.

"무슨 일 있어요?"

윤도가 어머니에게 물었다.

"그게……."

"말씀하세요."

"아버지가 채 의원 걱정한다고 말하지 말랬는데……."

"어머니!"

"알았어. 어휴, 저건 눈치도 없이……."

어머니가 윤철을 향해 눈총을 날렸다. 그런 다음 앞치마에
주섬주섬 손을 닦더니 비밀을 털어놓았다.

"그래요?"

이야기를 들은 윤도의 표정이 무겁게 변했다.

사고였다.

아버지 회사에서 일하던 젊은 직원. 공장 재단기에 오른쪽
팔이 잘렸다. 한 달 전의 일이다. 재단기에는 컴퓨터 안전장치
가 있었지만 작동되지 않았다. 다행히 교통사고 뇌사자가 있
어 팔을 공여받았다. 그 팔을 절단해 이식한 것이다.

난생처음 일어난 큰 사고. 최선을 다해 지원하느라 더욱 바
쁜 아버지였다.

"경찰은요?"

윤도가 물었다. 직원에 대한 치료야 당연한 거지만 사업주
로서 책임져야 하는 법적 판단도 중요했다. 자칫하면 구속될

수도 있는 까닭이다.

"다행히 안전시설과 관리 규정은 문제가 없어서 아버지는 괜찮대. 하지만 그 청년이 아버지가 아끼던 직원인 데다 머잖아 결혼한다고 상견례 날까지 받아둔 사람이라서……."

"……."

"채 의원이 미국 가 있는 동안 재활이다 뭐다 더 좋은 병원을 백방으로 알아보느라 집에도 거의 못 오셨어."

"그걸 왜 이제야 말씀하세요? 수술받은 지 한 달이 다 되어간다면서!"

윤도의 목소리가 높아졌다. 그렇게 우직한 아버지였다. 누구에게도 신세 지기 싫어하는 사람. 의학에 대해 잘 알지도 못하면서 속을 끓였을 생각을 하니 콧등이 알큰해져 왔다.

"아버지가 절대 말하지 말라는 바람에……."

"그런데 윤철이는 어떻게 알아요?"

"쟤는 우리가 통화하는 걸 듣고……."

"얌마, 너도 그런 거 들었으면 형한테 말을 해야지. 아버지 성격 몰라? 혼자 죽으셔도 우리에게 고민 같은 거 말씀 안 하실 분이야. 우리가 알아서 도와줘야지."

"미안해. 나도 취업하면서 적응하느라 바쁜 데다 엄마가 형한테 말하면 국물도 없다고 해서……."

윤철이 뒷목을 긁었다.

"후, 미치겠네."

"미안해, 채 의원."

"그 사람 입원한 병원이 어디예요?"

"지금 가게?"

"아니면요? 그 직원 곧 상견례도 해야 한다면서요? 회복되지 않은 팔로 나가면 어머니 같으면 딸 주시겠어요?"

"안 주지."

"어휴!"

"송송병원 505호실."

병원 이름은 윤철의 입에서 나왔다. 윤도가 그 손에 스포츠카 키를 던졌다.

"시동 걸어라. 옷만 좀 갈아입고 나갈 테니까."

"알았어."

윤철이 밖으로 뛰었다.

"채 의원……"

"걱정 마세요. 어머니가 알려줬다고는 안 할 테니까."

"그게 아니고… 그런 것도 채 의원 장침으로 돼?"

"어머니!"

"안 되지? 다들 그러더라고. 팔이 잘렸고… 게다가 남의 팔을 붙였으니 침으로는 어림도 없다고. 그래서 걱정할까 봐 말 못 꺼낸 거야."

"해볼게요."

"응?"

"해본다고요."

"채 의원……."

"다녀올게요. 병원이 멀지 않으니 음식은 그냥 두세요. 다녀와서 먹을게요."

윤도가 돌아섰다.

달리는 차에서 핸드폰을 눌렀다. 세 번째 시도 끝에 아버지가 전화를 받았다.

"저예요."

—어, 채 원장. 어디야?

"미국에서 방금 귀국했습니다."

—벌써 그렇게 되었나? 내가 깜빡했네. 미안. 공항에 나가봐야 하는 건데…….

"지금 송송병원이죠?"

—응?

"거기 꼼짝 말고 계세요."

—채 원장, 채 원장!

아버지의 말도 듣지 않고 전화를 끊어버렸다. 송송병원이 보이기 시작했다.

"채 원장."

엘리베이터에서 내리자 아버지가 다가왔다. 회사 일을 보다 온 건지 현장 복장이었다.

"밥은 먹고 다니시는 거예요?"

"응? 응……."

"병실은 어디예요?"

"병실?"

"다 알고 왔어요. 안내하세요."

"……."

"어서요."

윤도가 다그쳤다. 아버지는 쩝 하고 입맛을 다시더니 병실을 가리켰다.

"저쪽……."

4인용 병실이었다. 환자의 간병은 늙은 홀아버지가 맡고 있었다. 어머니가 일찌감치 죽은 집안이었다. 홀아버지가 반듯하게 키웠다. 전문대를 나왔지만 성격이 진취적이고 밝아 아버지 일에 많은 도움이 되었다. 그래서 이 직원을 더 총애한 아버지였다.

환자는 잠들어 있었다. 보호자에게 인사를 하고 맥을 잡았다. 사고가 난 오른손이다.

"……!"

손을 놓았다.

다시 시도했다.

"……?"

윤도의 고개가 갸웃 돌아갔다. 도무지 맥이 건너오지 않았다. 어쩌다 느껴지는 맥도 맥인지 안개인지 알기가 어려웠다.

왼손 쪽으로 바꾸었다. 이쪽 맥은 시원하게 잡혔다. 심장의 맥을 제외하고는 큰 문제가 없었다.

'심장맥……'

그건 아마 충격 때문인 것으로 보였다. 시간이 지나면 조금씩 괜찮아질 일이었다. 다시 오른손 맥에 도전했다. 이번에는 혼신을 다한 진맥이었다. 희미하게 연결되는 맥은 아지랑이의 느낌 같았다.

이 팔은 이식받은 팔. 원래는 환자의 팔이 아니었다. 그렇기에 혈자리 파악도 뜬구름잡기가 되었다. 어쩌다 짚이는 혈자리도 극악 난시라도 걸린 듯 이중으로 겹쳐 보였다. 원래 팔이 가지고 있던 혈자리에 환자의 오장육부 기운이 전해지면서 새 혈자리의 흔적이 나오는 것이다. 어디가 진짜 혈자리인지 알기 어려웠다.

'허상과 진상……'

이식받은 팔에 있던 혈자리와 환자의 몸에서 내려온 혈 기운이 형성한 두 혈자리의 기묘한 동거. 기묘라는 단어가 딱 어울리는 상황이었다.

눈을 감았다. 그 옛날 동화에서 읽은 오성과 한음 이야기가 떠올랐다. 담장을 넘어온 옆집 감은 내 것일까, 옆집 것일까? 감나무 가지 문제로 분쟁이 일자 오성은 기지를 발휘한다. 대감 집으로 가서 문풍지를 뚫고 불쑥 팔을 집어넣은 것이다.

"이 팔이 제 것입니까, 대감님 것입니까?"

그 집은 권율 장군의 가문이었다. 그러나 오성은 쫄지 않았다.

"그 팔은 너의 것이다."

배포에 놀란 대감은 오성의 편을 들어주며 감 분쟁에 종지부를 찍는다.

윤도의 눈이 환자의 팔을 보았다.

원래는 다른 사람의 팔. 그러나 환자에게 이식되었다. 그렇다면 이제는 환자의 혈자리에 맞춰 세팅되는 게 옳았다. 맥을 잡은 채 왼손으로 '환자'의 혈자리를 눌러보았다. 원래의 팔 혈자리도 눌렀다. 미세하지만 환자의 혈자리에서 반응이 감지되었다.

약했다.

아직 새 주인의 몸에 제대로 자리 잡지 못한 것이다. 그래도 완전 무반응은 아니었다. 그 정도면 되었다.

"지정의 방이 어디죠?"

복도로 나온 윤도가 아버지에게 물었다.

"어쩌려고?"

"상의할 게 있어서요."

"채 원장……."

"이분, 머잖아 상견례 가야 한다면서요?"

"상견례는……."

"아직 포기할 때 아니에요."

윤도가 아버지를 바라보았다. 상견례, 그 단어는 아버지를 움직이게 하기에 충분했다.

"2층에 가면 수부미세재건실이라고 있다. 차용만 박사가 지정의야."

"아버지는 여기서 기다리세요."

윤도가 돌아섰다.

"채윤도 한의사?"

2층 진료실, 윤도의 방문을 받은 지정의가 고개를 들었다. 이 분야에서는 나름 권위 있는 명의였다. 그는 윤도를 잘 모르고 있었다.

"505호실 환자가 저희 아버지 회사 직원이십니다."

"그래요?"

"죄송하지만 경과에 대해 좀 알 수 있을까요?"

"그건 그쪽 보호자하고 회사 관계자들에게 말했는데……."

지정의는 귀찮아하는 표정이었다. 대학병원에 있다 보니 적당히 권위주의에 물든 닥터. 긴말보다 효과적인 카드를 뽑아 들었다.

"S대 나오셨더군요?"

"그렇소만… 큼."

대답 뒤에 헛기침이 붙었다. 그의 자부심이다.

"혹시 SS병원의 강기문 박사님 아십니까?"

"강기문? 제 선배님인데요?"

지정의가 떡밥을 물었다. 윤도의 계산된 질문이었다. 의사 면허 번호를 보고 졸업 연도를 추정한 것이다. 지정의는 강기문의 2년 후배였다. 의사 동문들 세계에서 2년 후배면 안면이 있을 가능성이 높았다. 어쩌면 직속 선배로 모시며 수련의 생활을 했을 수도 있다.

"혹시 그분과 통화가 가능하십니까?"

"우리 강 선배님은 늘 바쁘시다오."

"잠깐만 기다려 주십시오."

핸드폰을 뽑아 들었다. 강기문은 바로 전화를 받아주었다.

"저 한방 하는 채윤도입니다."

—어, 채 선생.

강기문이 반색했다. 그러고도 남을 인연이었다.

"혹시 HH 병원의 차용만 박사님 아시나요?"

―알지. 내 직속 후배였어요. S병원에서 수련의를 같이했는데 나한테 많이 까이면서 배웠지.

"죄송하지만 저 지금 그분을 만나고 있습니다. 그분께 부탁이 좀 있는데 말씀드리기가 어려워서 말입니다."

―그 친구 환자 문제인가요?

"그런 쪽입니다."

―채 선생이 장침 놓을 일이 생긴 모양이군요?

"그렇습니다."

―차용만이 못 하게 합니까? 당장 바꿔주세요.

"그건 아닙니다만, 박사님이 잘 좀 말씀드려 주시면……."

―알았어요. 당장 바꾸세요. 이 인간이 미세재건인가 뭔가 하면서 이름 좀 날리더니 천하의 명의도 몰라보고…….

강기문의 지지를 받으며 전화를 넘겨주었다.

"여보세요."

긴가민가하며 통화하던 차용만이 경기를 했다. 전화 속 인물은 진짜 강기문이었다. 더욱 놀라운 일은 그의 발언이었다.

―차 박사, 아무리 미세재건 세계에 빠졌다고 채윤도 선생을 몰라? 우리 SS병원에서도 진료 각 과에서 천금의 도움을 받는 분이라네. 뭔지는 모르지만 천운을 만난 셈이니 채 선생이 원하는 게 있으면 무조건 들어주라고. 책임질 일이 일어나면 내가 면허증 던질 테니까.

"선배님."

전화가 끊겼다. 차용만은 핸드폰을 든 채 윤도를 바라보았다. 보기에는 그저 아들뻘의 청년. 그런데 천하의 강기문이 껌 뻑 죽었다.

"허, 이거야 원, 우리 강 선배님이 한의사를 이렇게 칭송하시다니……."

차용만이 윤도의 핸드폰을 돌려주었다.

"죄송합니다. 제가 다짜고짜 부탁을 드리면 아무래도 불편해하실 것 같아서……."

"됐습니다. 강 선배님은 물론이고 SS병원까지 인정하는 분이시라니… 아, 그러고 보니 혹시 선생님께서 그 베이징 독감 잡았다는?"

"예, 그렇습니다."

"허어, 그렇군요. 한의사가 장침으로 일냈다는 소문은 들었습니다만……."

"예."

"우리 강 선배가 혹 갈 이유가 있었군요. 그래, 저한테 알고 싶은 게 뭡니까?"

"505호 환자 말입니다."

"아, 그 환자의 예후와 상세 상황이 궁금한 겁니까?"

"그렇기도 합니다만 그보다는 그 환자에게 침을 놓을 수 있도록 양해해 주셨으면 해서요."

"침?"

"이식받은 오른손 말입니다. 방금 보고 왔는데 아직 상태가 좋지 않더군요. 해서 좀 침을 놓으면 회복이 빨라질 수도……."

"침으로 말입니까?"

"예."

"그건 어려울 텐데요. 그 팔은 관련 의료진 24명이 참여한 가운데 장장 16시간에 걸쳐 이룬 이식의 개가입니다. 손발 이식이라는 게 장기이식하고는 또 달라요."

"쉽지 않을 거라는 건 알고 있습니다. 하지만 제가 보기에는 팔의 신경과 골수, 인대, 혈관 등 전반적으로 상황이 좋지 않았습니다. 그대로 두면 어쩌면 반반……."

"……!"

윤도의 말에 차용만이 휘청거렸다. 사나흘 전부터 체크되던 부작용이다. 자칫하면 이식 팔을 잘라낼 수도 있었다. 그것 때문에 신경이 쓰이던 차. 그러나 지정의인 그 자신만이 고민하던 사항을 윤도가 짚어낸 것이다.

"대체 그걸 어떻게?"

의사로서 궁금해졌다.

"죄송하지만 면회하면서 진맥을 좀 보았습니다. 그랬더니 혈자리의 반응이……."

"진, 진맥만으로요?"

콰앙!

불벼락 하나가 차용만의 뒤통수를 치고 갔다.

"허락해 주시겠습니까? 침 몇 방이면 되니 박사님 치료에 해가 되지는 않을 겁니다."

"……."

차용만이 침묵했다. 강기문이 인정하는 한의사. 베이징에서 독감 퇴치의 기적을 일으킨 한의사. 그러나 여기는 미세재건이다. 질병이 아니라 생체 이식이다. 게다가 부작용이 엿보여 고심하고 있는 상황.

그러나 윤도의 표정은 차용만과 달랐다. 행운이나 요행을 바라는 태도가 아니었다. 그 카리스마에 반한 차용만은 결국 수락 쪽으로 기울게 되었다.

환자가 처치실로 옮겨졌다. 차용만을 비롯하여 개건 수술 전문의 두 명도 자리를 함께했다. 혹시 모를 상황 대비와 함께 윤도의 침술을 보려는 조치였다.

이식된 오른팔.

윤도는 손부터 씻었다. 소독약으로 철저하게 씻었다. 수많은 질병을 겪어온 윤도의 장침, 그러나 지금은 이식된 팔이었다. 새 역사를 위해 윤도의 장침이 혈자리를 잡기 시작했다.

이식.

이제는 낯선 단어가 아니었다. 이식은 모발 이식을 시작으로 흔히 아는 장기 이식까지 다양하다. 이 중에서 장기 이식은 KONOS, 질병관리본부 장기이식관리센터에서 총괄하고 있다. 의학의 발달과 함께 장기 이식술은 눈부시게 발전했지만 국내 장기 이식에 대한 인식과 시행률은 낮은 편에 속했다.

2017년 한국장기조직기증원의 자료에 따르면 2012년부터 5년 동안 장기 이식 대기자 중 사망자가 6천여 명에 육박하는 것으로 밝혀졌다. 하루 평균 3명 정도가 장기 기증을 기다리다 사망한 것이다.

장기 기증은 대개 세 가지 유형으로 나뉜다.

1)생체 기증: 살아 있는 동안에 간, 신장, 골수 일부 등을 기증.

2)뇌사 장기 기증.

3)사후 기증: 심장사 이후에 안구와 인체 조직 등을 기증. 각막과 조직, 시신 기증으로 구분.

그렇다면 장기 기증에도 제한이 있을까?

연령대는 제한이 없다. 나이보다는 장기의 상태가 중요했다. 예를 들어 애연가인 30대 중반의 폐보다 비흡연가인 50대 중반의 폐가 더 좋을 수 있다. 실제로 90대의 노령자가 각막을 기증한 사례도 있다. 다만 뇌사 판정자 등의 경우 대상자가 미성년이라면 부모나 보호자의 동의가 필요했다.

그렇다면 한 명의 뇌사 판정자가 몇 명에게 장기를 기증할 수 있을까? 최대 아홉 명까지 생명을 살릴 수 있다고 보고 있다. 장기뿐만 아니라 각막, 피부 조직, 뼈 등도 기증이 가능하다. 505호 환자의 팔 이식도 그런 경우에 속했다.

뇌사 판정자의 장기 기증에는 절차가 있다. 환자가 위독한 상황에서 장기 기증 동의가 떨어지면 검사가 이루어진다. 이후 뇌사 판정이 나오면 수혜자를 결정하고 필요한 장기 적출에 들어간다. 장기는 질병관리본부 장기이식관리센터에서 관리하며, 뇌사자의 가족이 이식 대기자로 등록되어 있는 경우라면 가족에게 장기를 기증하는 것도 가능하다.

그럼 팔 이식이 어려울까? 장기 이식이 어려울까? 얼핏 보면 장기 이식이 어려울 것 같지만 팔 이식이 더 어렵다. 장기 이식보다 거부반응이 강할 수 있고 정착에도 오랜 시간이 걸린다. 그런 까닭에 성공률도 낮은 편이었다.

그건 505호 환자의 수술 과정만 봐도 알 수 있었다. 우선 뇌사자의 팔을 분리하는 데만 해도 긴 시간이 소요되었다. 그냥 절단하는 게 아니라 혈관과 근육, 신경 등을 이식 가능 상태로 분리해야 하는 까닭이다. 다음 문제는 더욱 진지하다. 팔과 뼈를 잇고 근육을 부착하면 초정밀 수술에 돌입한다. 힘줄이나 혈관, 신경 등이 모두 현미경적 미세 봉합을 필요로 하기 때문이다.

이것으로도 끝이 아니었다. 혈액순환을 살펴야 하고 거부
반응 또한 꼼꼼히 체크해야 한다.

이러한 난이도에도 불구하고 이식술은 '닥치고 전진' 중이
었다. 팔다리 이식 후에는 안면 이식이고, 중국에서는 사람의
머리를 통째로 이식하는 수술도 준비 중인 시대였다.

진료 일지를 본 윤도가 호흡을 골랐다.

미세재건술.

단어가 주는 뉘앙스만큼이나 정밀하고 난해해 보였다. 그러
나 부담은 갖지 않았다. 달리 생각하면 윤도 또한 미세 침술
을 놓고 있었다. 오장에 직접 들어가는 나노 침이 그것이다.
오장의 급소, 세포와 신경선 등을 피해 정밀하게 들어가는 나
노 침. 그 또한 미세재건술과 어깨를 나란히 하고도 남았다.

윤도는 한의사로서 팔을 생각했다.

손발은 양기의 영향을 많이 받는다. 비위가 약해지면 혈액
순환이 원활치 않아 팔다리에 힘이 없어진다. 팔의 힘줄이나
인대는 간장이 주관한다. 결론적으로 팔의 혈액순환을 원활
하게 하고 근육과 인대를 활력을 주려면 비위와 간장의 강화
가 필요했다.

윤도의 시선이 비위와 간장의 위치로 향했다. 하지만 다시
손으로 돌아왔다. 일반적으로는 그랬다. 다만 이 환자는 달랐

다. 이식받은 팔이었다. 환자의 오장이 최상급은 아니지만 그건 팔이 잘려 나간 대미지 때문에 일시적으로 온 현상이었다. 그렇다면 이번 장침은 원리가 아니라 국소에 작용하는 게 옳았다. 비위와 간이 아니라 팔이었다. 이식받은 팔.

팔에 필요한 건 활력이었다. 그러나 그 활력이 이식된 부위에서 경계선을 이루었다. 환자의 인체에서 내려온 기혈 운행이 거기서 딱 제동이 걸린 것이다. 혈관이 그랬고, 신경이 그랬고, 근육이 그랬다. 차용만의 우려처럼 그냥 두면 심각한 부작용으로 발전할 가능성이 높았다. 자칫 거부반응이나 괴사라도 일어나면 걷잡을 수가 없는 것이다.

'경근……'

윤도는 가장 심각한 것부터 주목했다. 내일이라도 당장 탈이 날 수 있는 건 힘줄과 혈관이었다. 힘줄은 종근이 가장 중요하다. 이외에도 12경근이 있는데 수태양의 근부터 수소음의 근까지 여럿이었다. 이들은 모두 경맥의 지배를 받고 있다.

마침내 장침이 출격했다. 오른팔의 팔꿈치와 그걸 타고 올라간 겨드랑이 부위였다. 이 부위는 12경근 중에서도 팔과 관련된 혈자리였다. 거기 기준점을 세우고 환부로 내려갔다. 수술한 팔에 딸린 손에서 합곡혈과 양지혈, 완골혈을 찾았다. 손의 양경으로 불리는 세 혈이다.

"……"

윤도가 잠시 주춤거렸다. 미리 파악한 대로 기묘하게 '겹치는' 혈자리 때문이었다. 둘 다 미치도록 가물거렸다. 환자의 경맥을 기준으로 형성되는 혈자리는 그 힘이 미약해 가물거렸고, 이식된 팔에 있던 혈자리는 자신의 경맥 줄기를 잃었기에 가물거렸다. 두 혈자리는 마치 안개 속의 쌍둥이 같아 윤도로서도 분간이 쉽지 않았다. 윤도의 뇌리에 다시 오성이 스쳐갔다.

"이 팔은 제 것입니까, 대감님 것입니까?"

분간이 되지 않을 정도로 희미한 두 개의 혈자리. 과연 어느 것을 기준으로 해야 하는 것일까? 먼저 보이는 양지혈에 장침을 넣었다. 그 옆의 혈자리에도 침이 마저 들어갔다. 침이라면 침감으로 진위를 가리는 게 최고였다.

사락!

두 개의 침을 감으며 보사를 시험한 윤도는 다시 팔꿈치와 겨드랑이에 꽂힌 침감을 비교해 반응의 조화를 가려냈다. 혈자리 침감도 사람에 따라 다른 것을 이용하는 순발력이었다. 마침내 기묘한 두 혈자리를 구분하게 되었다.

이식받은 팔의 혈자리부터 장침이 들어갔다. 이식 부위부터 손가락까지 모든 혈자리를 빼놓지 않았다. 이것은 멸혈이었다. 이식된 팔의 혈자리 전체를 말살하는 것이다. 새 집으로 왔으니 헌 집의 기운을 청소하는 작업이었다.

—Del.

삭제 명령이 혈자리를 타고 나갔다.

'후우!'

심호흡과 함께 장침들을 뽑아냈다. 이식받은 팔의 혈자리는 더 이상 반응하지 않았다.

'이제 슬슬 시작해 볼까?'

사전 정지 작업을 끝낸 윤도가 본격 시침에 돌입했다. 첫 침은 양지혈에 넣고 다음은 합곡에서 완골까지 일침이혈로 꿰었다.

이때부터 시침에 속도가 붙었다.

수태양의 근에 장침이 들어갔다. 새끼손가락 위에서 시작해 손목과 손등, 팔뚝 안을 따라 겨드랑이 아래로 맺히는 코스였다.

수소양의 근에도 들어갔다. 이 시작은 넷째 손가락 끝에서 시작해 척골에 맺히고 어깨를 거쳐 목으로 간다.

다음 차례는 수양명이었다. 둘째 손가락 끝에서 시작해 팔꿈치와 어깨, 머리로 가는 혈이었다.

수태음의 근인 엄지, 수궐음의 근인 중지, 수소음의 근인 새끼손가락까지 빠짐없이 장침을 넣었다.

손가락의 말단에서 기혈 통일의 시도가 시작되었다. 새 혈자리의 뿌리에 물길을 내주는 것이다. 그 물길은 경맥에서 밀고 끌었다.

　마지막 조절은 비수혈과 간수혈에서 매조지를 했다. 어차피 손과 팔의 기혈은 간장이 갑이요 비위가 다음이었으니 작은 하천의 백년대계는 큰 물줄기로 기준을 삼는 게 옳았다.

　간의 기혈을 한껏 밀었다. 그러자 놀라운 일이 일어났다. 환자의 다섯 손가락에 꽂혀 있던 장침 다섯 개가 동시에 밀려나온 것이다.

　"……!"

　신기한 작용에 차용만과 닥터들이 소스라쳤다.

　"괜찮습니다."

　윤도가 그들을 안심시켰다. 나쁜 반응이 아니라 희소식이었다. 환자의 팔에 힘이 들어갔다는 증거였다.

　"나병수 씨."

　윤도가 환자의 이름을 불렀다.

　"네."

　환자가 얌전히 대답했다.

　"이제 침을 다 뽑을 겁니다. 침 치료는 끝났습니다."

　"……."

　"아팠나요?"

"아뇨."

"이식된 팔의 느낌은 어떤가요?"

윤도의 말에 환자가 이식된 팔을 꼼지락꼼지락 움직였다.

"조금 가렵다는 느낌… 그리고 무겁다는 느낌도……."

"무겁다고요?"

"예, 제가 원래 가끔……."

"혹시 아까 식사 시간에 과식하셨나요?"

"……."

환자는 대답 대신 닥터들의 눈치를 살폈다.

"괜찮습니다. 뭐라고 하지 않을 테니 솔직히 말씀드리세요."

레지던트가 환자를 안심시켰다. 그러자 환자가 비로소 자수를 했다.

"실은 아까 아버지께서 후라이드 치킨을 사 오셔서… 제가 그걸 무지 좋아하거든요. 원래는 다리나 하나 뜯고 말 생각이었는데 먹다 보니 과식을……."

"어느 팔입니까?"

"그게… 양쪽 다……."

양쪽 다.

희소식이었다. 과식을 하면 손발이 무거워지는 사람이 있다. 그런데 그 감각이 수술 받은 손까지 갔다는 건 두 손의 감각이 같아졌다는 반증이다.

"손가락을 다시 움직여 보세요."

윤도가 말했다.

환자의 손가락이 천천히 움직였다. 그걸 본 레지던트가 목소리를 높였다.

"과장님, 손가락 운동 범위가 굉장히 커졌습니다."

"······!"

차용만도 흠칫 흔들렸다. 겨우 반응만 하던 오른손의 손가락이 제대로 움직인 것이다.

"오른팔을 들어보세요. 무리하지 말고 할 수 있는 데까지만 하세요."

윤도가 환자에게 지시했다. 환자는 살짝 긴장한 채 이식된 오른팔에 힘을 주었다. 팔이 올라가기 시작했다. 손끝이 침대 바닥에서 10㎝도 넘게 들렸다.

"와우, 팔이 제대로 들리고 있습니다."

"근육에 힘이 들어가는데요?"

레지던트는 거푸 중계방송을 했다. 하지만 그의 흥분은 거기서 그치고 말았다. 이유는 환자의 팔 때문이었다. 10㎝ 높이에서 멈춘 줄 알았던 환자의 팔이 가슴까지 올라가 버린 것이다. 레지던트는 그 자리에서 기절해 버렸다.

"손가락을 다시 움직여 보세요. 천천히."

윤도의 시선은 여전히 환자의 손에 있었다. 환자가 손가락을 꼼지락거렸다.

"손가락을 세어볼게요. 하나."

윤도가 말하자 환자가 엄지를 접었다.

"둘."

검지를 접었다.

"셋."

중지도 접혔다.

"넷."

약지도 접혔다.

"다섯."

마침내 소지까지 다 접혀 버렸다.

"병수야!"

뒷줄에 있던 아버지가 소리쳤다.

"아버지……."

"아이고, 병수야!"

아버지가 손뼉을 치며 주저앉았다. 윤도의 아버지가 그를 부축해 세웠다.

"제 할 일은 끝난 것 같습니다. 마무리와 재활 치료는 박사님께 부탁드립니다."

진료를 마친 윤도가 차용만을 향해 목례를 했다. 한없이 겸손한 윤도, 그러나 그 모습은 한없는 위엄과 카리스마의 화신과 다르지 않았다.

"……!"

차용만은 한마디도 하지 못했다. 그의 시선은 팔을 움직여 보는 나병수에게 꽂힌 채 쓰나미를 맞이하고 있었다. 각종 응급검사가 초고속으로 실시되었다.

운동 기능 정상 근접.

감각 기능 정상 근접.

수련의들이 가져온 결과는 한결같았다. 어제까지의 검사 결과를 뒤집는 대반전. 아침까지만 해도 심각한 부작용을 걱정해야 하는 환자였다. 선배 강기문의 말처럼 천운을 만난 셈이다.

'세상에 이런 일이……'

충격의 쓰나미는 차용만의 의식을 강타하고 또 강타했다. 윤도의 가족이 병원을 떠날 때까지 오래오래…….

5. 대물은 큰 그림을 그린다

"소개합니다. 오늘부터 우리와 한 팀이 될 새 멤버, 안미란 선생님입니다."

윤도가 안미란을 가리켰다.

"와아아!"

간호사들이 박수로 안미란을 맞았다. 광희한방대학병원의 안미란. 그녀가 일침한의원의 멤버가 되는 날이었다.

"제가 말만 한의사지 아는 게 하나도 없어요. 여러분이 전부 제 스승이라 생각하고 열심히 하겠습니다."

안미란이 겸손하게 소감을 밝혔다.

"흐음, 나는 저렇게 말하는 사람이 가장 무섭더라고."

"그러게 말이에요."

진경태가 말하자 정나현이 추임새를 넣었다. 언제나 케미가 좋은 두 사람이다.

안미란에게는 윤도의 옆방이 진료실로 주어졌다. 그녀는 당분간 환자 상담과 경증 환자의 진료를 맡기로 했다.

"와아!"

진료실에 들어선 안미란은 감탄을 감추지 못했다. 깔끔하고 수려하게 단장된 공간 디자인이 마음을 쏙 뺏어간 것이다.

"제 방으로 쓰기엔 너무 멋져요."

"선생님이 오신다기에 투자 좀 했지요."

윤도가 슬쩍 생색을 냈다.

"정말요?"

"당연하죠. 대광희한방대학병원 출신이잖아요. 우리처럼 손바닥만 한 한의원이 넘볼 재원이 아니죠."

"쳇, 그 손바닥만 한 한의원이 대한민국 최고 침술인 건 어떻게 설명하실 건데요?"

"세상은 넓어요. 전국 어디엔가 저보다 센 고수들이 많다는 거 명심하세요."

"네, 명심하겠습니다, 원장님."

안미란이 장난스럽게 허리를 접었다.

"며칠은 저를 도와 같이 진료 보면서 적응하시고요, 그다음 부터 본격 진료 상담과 시침을 시작하세요. 그럼 되겠죠?"

"뭐든 시키는 대로 하겠습니다."

안미란은 거수경례까지 붙이며 의욕을 불태웠다.

잠시 후 조수황 과장의 전화가 걸려왔다.

—채 원장, 우리 안 선생 출근했나?

"그렇습니다만."

—팍팍 좀 굴리시게. 내 등을 치고 간 친구이니…….

"다시 돌려보낼까요?"

—안 돼. 나도 존심이 있지, 한번 배신 때린 친구는 안 받아.

"으음, 그럼 어쩌죠? 원래 배신 때려본 사람은 또 배신을 때 린다던데."

—하핫, 농담이고, 잘 좀 부탁하네. 그 친구가 좀 버벅거리 기는 해도 침에 대한 열정은 송재균이나 마혁 선생보다 몇 수 위야. 이제 제대로 된 스승을 만났으니 빛을 보기 시작할 거 야.

"제가 스승까지야 되겠습니까? 둘이 공부하는 마음으로 잘 해 나가겠습니다."

—어렵하시겠나. 나중에 한번 보자고.

"네, 과장님."

통화가 끝났다. 조수황은 쿨했다. 자기 과에서 수련의를 하던 한의사. 더 큰 병원도 아니고 손바닥만 한 한의원으로 간다니 싫은 감정이 있을 수도 있지만 진심으로 안미란을 응원하고 있었다.

안미란과 함께 시침할 첫 환자는 치통을 호소하는 환자였다. 윤도가 눈짓으로 진맥을 맡겼다. 환자가 침대에 눕자 안미란이 손목을 잡았다.

"어때요?"

환자가 침구실로 옮겨가자 윤도가 안미란에게 물었다. 윤도는 첫 방문 때 이미 진찰을 마친 환자였다.

"위장병입니다."

안미란의 답은 엉뚱하게 나왔다. 그 말을 들은 윤도의 입가에 미소가 스쳐 갔다.

"그동안 공부 많이 하셨군요?"

"맞았어요?"

안미란이 반색하며 되물었다.

"일단 소견을 더 들어볼까요?"

"치아는 위장 경락이 주관하니까요. 환자는 윗니와 아랫니가 다 아픈데 위장에 열이 뭉치면 이런 현상이 나타납니다. 아랫니 역시 대장이 약해지면 그럴 수 있고요."

"좋아요. 하지만 아랫니는 반만 맞았습니다."

"네?"

"대장에 문제가 생기면 아랫니가 아파질 수 있는 건 맞습니다. 하지만 인체의 질병은 공식처럼 움직이는 게 아니잖습니까? 몸이 피로해도 아랫니는 아플 수 있습니다."

"아!"

"이제 생각이 나죠?"

"네, 대장 때문에 그런 거면 차가운 음식을 싫어하겠군요. 그걸 빼먹었어요."

"광희에서는 여러 선배님들과 과장님이 계셨지만 여기서는 제가 없는 날 안 선생님이 원장 자격으로 진료해야 합니다. 간과하는 일 없이 차분하게 체크하세요. 혹시라도 엉뚱한 처방을 하면 환자에게는 큰 피해가 될 수 있으니까요."

"명심하겠습니다."

"그럼 시침하러 갈까요?"

"아, 원장님."

"질문 있나요?"

"치아 이야기가 나왔으니 말인데, 저희 병원 치과 쪽에, 아니, 이제는 제 병원이 아니군요. 아무튼 이상한 소문이 돌아서요."

"어떤 소문 말이죠?"

"선생님이 모 회장님 치아를 새로 나게 하는 처방을 썼다고……"

"누가 그래요?"

"치과 수련의가 저랑 친하거든요. 그 사람이 동창들 모임 갔다가 들었다는 거예요. 문대성이라고, 치과 쪽에서는 굉장히 유명한 분인데 그분이 한 말이라며……."

"……."

"뻥인가요?"

"안 선생님 의견은 어때요? 가능할까요?"

윤도가 웃으며 물었다.

"솔직히 학교에서 동의보감 수업 때 들은 적은 있는데 그냥 전설이라고 생각했어요. 쥐를 약으로 쓰는 처방도 그렇고 경옥고와 신침법(神枕法) 같은 처방도……."

"팩트만 말씀드리죠. 제가 모 회장님 치아를 새로 나게 한 건 맞습니다. 뿐만 아니라 중국의 정치인 한 분에게도 새 치아를 나게 해드렸습니다."

"……."

쩌적!

안미란의 대뇌에 금 가는 소리가 들렸다.

"하지만 보편적인 약재가 아니라 아주 특별한 경우를 제외하고는 처방을 내지 못합니다. 아셨죠?"

"원장님……."

"하지만 안 선생님은 운이 좋네요."

"예?"

"며칠 후에 한 환자가 치아가 새로 나는 처방을 받게 될 겁니다. 제게 있어서 세 번째 환자인데 어렵게 약을 준비했거든요."

"원장님."

안미란의 눈동자가 제어할 길 없이 떨렸다. 새 치아가 나는 처방. 그저 호사들의 입방아로 들은 일이다. 그런데 그게 사실이라니……

그녀를 약제실로 데려가 준비 중인 영약을 보여주었다. 산해경의 영목에서 딴 열매와 뿌리를 말려서 만든 영약환이었다. 그믐에 시작해 보름까지 말려야 하는 법제 때문에 이제야 완성된 영약환이었다.

척 보기에는 그냥 환약. 그러나 약에서 나오는 상서로운 기운이 안미란을 사로잡았다.

'천하의 비방……'

그녀는 첫눈에 감지했다. 윤도의 신침만큼이나 신묘한 비방이 틀림없었다.

"침놓을 시간입니다."

윤도가 안미란의 등을 밀었다. 안미란은 가출한 정신을 간신히 수습해 넣었다.

침구실에서 시침에 돌입했다. 윤도의 장침은 단 두 방이었다. 합곡혈과 내정혈에 넣어 치통을 잡았다. 환자는 침이 들어가기 무섭게 통증에서 해방되었다.

"이야!"

발침을 하자 입맛을 다셔보며 좋아했다. 눈까지 찡그리게 하던 격통이 눈 녹듯 사라진 것이다. 그걸 바라보는 안미란의 두 눈이 장침처럼 반짝거렸다.

'나는…….'

환자에게 다감한 윤도를 보며 뒷말을 이었다.

'원장님의 반이라도 되었으면…….'

일주일 동안 쉴 틈도 없이 바빴다. 안미란의 합류가 원인이었다. 사람 하나를 더 둔다는 건 쉬운 일이 아니었다. 그녀가 적응하는 동안은 그녀에 대한 관리까지 윤도의 일에 속했다.

목요일 오후, 윤도는 치아가 나는 영약환을 챙겼다. 청와대에 들어가기로 한 날이다. 그동안 대통령과 두 번 통화했다. 일정을 알아야 약을 처방할 수 있기 때문이다.

"그럼 다녀오겠습니다, 원장님!"

왕진 준비를 마친 윤도가 안미란에게 꾸벅 인사했다.

"원장님."

호칭에 놀란 그녀가 화들짝 일어섰다.

"제가 없을 때는 안 선생님이 원장이라니까요."

"그래도 그렇죠. 놀리는 거 같잖아요."

"절대 아닙니다. 쫄지 말고 하세요. 제가 볼 때 안 선생님 침은 이미 훌륭해요."

"열심히 해보기는 할게요."

안미란은 비장했다. 오늘 처음으로 한의원을 지키게 되는 안미란. 그동안은 윤도와 함께였지만 이제부터는 그녀가 사령탑이다. 이런 책임감은 스스로 경험하지 않는 한 표현하기 힘든 일이었다.

"잘 다녀오세요."

간호사들의 배웅을 받으며 도로로 나왔다. 도중에 류수완에게서 전화가 들어왔다.

―선생님, 진료 중이세요?

"지금 왕진 가는 중인데요?"

―멀리 가십니까?

"아닙니다. 청와대로요."

―…….

"무슨 일이신데요?"

―그게… 복지부 쪽에서 선생님과 함께 만나 논의할 사항이 있다고 해서요.

"복지부에서 저를요?"

―저녁에 시간 좀 될까요?

"뭐 청와대에서 별말 없었으니 가능할 겁니다."

─그럼 일단 약속 잡아두겠습니다.

"예."

대답을 하고 통화를 끝냈다.

'복지부…….'

무슨 일로 만나자는 걸까? 어쩌면 치매 신약 때문인지도 모른다. 미국 사건 이후 윤도의 치매 신약은 더욱 부각되었다. 국내 병원과 요양병원 등에 날개 돋친 듯 나가고 있었다. 그시작은 SS병원과 JJ병원, 광희한방대학병원이었다. 윤도의 치매 논문에 참여한 세 병원이 앞다투어 신약 처방을 내준 것이다.

그건 단순한 안면 관계가 아니었다. 신약의 치료율은 기존약과는 비교 불가였다. 부작용의 우려도 거의 없는 편이었다. 그게 입소문이 나면서 전국으로 퍼지고 있는 상황이었다.

아쉬운 점도 있었다. 그건 약품 제도였다. 윤도가 개발한 치매 신약, 전문의약품으로 분류되었다. 그건 곧 의사들의 전유물이 된다는 의미였다. 애석하게도 한국의 의료법상 한의사에게는 전문의약품 처방이 막혀 있었다. 한의사가 한약재로 한약의 원리에 맞춰 개발했음에도 처방권이 없는 모순이다.

"적어도 생약 중심의 전문의약품만이라도 허용되면 좋으련만……."

장백교 박사에게 들어온 의견이다. 윤도 역시 공감하는바, 언젠가 기회가 되면 공론화하고 싶은 마음이다.

　"채 선생님."

　차가 도착하자 정 비서관이 반겨주었다.

　"오시는 데 불편하지는 않았습니까?"

　"괜찮습니다. 제가 늦은 건 아니죠?"

　"늦은 건 아니지만 대통령께서는 아까부터 기다리고 계십니다."

　"그럼 좀 서두를 걸 그랬네요."

　"그런데……."

　정 비서관은 할 말이 있는 눈치였다.

　"말씀하세요."

　"실은 저희 장모님께서 난감한 질환이 있으신데 혹시 치료가 가능하신지……."

　"어디가 불편하신데요?"

　"그게 엉치 꼬리뼈 쪽이… 벌써 오래되셨답니다."

　"굉장히 불편한 쪽이로군요. 앉는 것도 불편하실 테고……."

　"가능할까요?"

　"저희 한의원으로 보내주세요. 제가 우리 실장에게 말해두겠습니다."

　"아이고, 고맙습니다. 제가 오늘 마누라에게 점수 좀 따겠습니다."

정 비서관이 반색했다.

"채 선생!"

윤도가 들어서자 대통령이 다가왔다. 비서관의 말처럼 오래 기다린 눈치다. 왜 아닐까? 치아는 오복의 하나로 꼽힐 만큼 굉장한 비중을 차지한다. 마치 공기와도 같아 치아가 건강할 때는 실감하지 못하지만 이가 부실하거나 빠지고 나면 진가를 알게 된다. 씹는 즐거움이 식욕이나 색욕에 못지않다는 걸.

게다가 아이러니하게도 이가 부실해지면 씹고 싶고 뜯고 싶어진다. 인간은 언제나 자신에게 부족한 것에 강한 미련이 작용하는 모양이다.

치아가 나는 일.

대통령은 물론이요 치과 전문의 자문의들도 상상조차 못한 일.

그러나 태산전자 이 회장 쪽에 은밀히 확인까지 해보고 나니 기대감이 폭발한 대통령이었다. 그 처방자는 채윤도. 가는 곳마다 기적을 행하는 한의사였으니 일언반구의 의구심도 없었다.

"늦어서 죄송합니다."

윤도는 꾸벅 인사부터 했다.

"아닙니다. 앉아요, 앉아."

대통령이 자리를 권했다.

"잠을 설치셨습니까? 눈이 피로해 보이는군요."

"솔직히 그랬습니다. 우리 영부인 마님하고 내기를 했거든요."

"내기라고요?"

"새 치아 말입니다. 우리 영부인 마님, 채 선생 실력을 알지만 그래도 이 나이에 치아가 새로 나는 건 가능할 거 같지 않다고 하기에……."

"무슨 내기를 하셨나요?"

"치아가 나면 임기 후에 평생 가사 면제권을 걸었지요."

"대통령께서도 가사를 하시나요?"

"뭐 지금이야 여기 들어와 있으니 직원들과 비서관들이 해주지만 영부인과 함께 있으면 이 사람도 마당쇠에 불과하답니다. 그리고 이건 비밀인데… 우리 사모님, 갱년기 짜증이 보통이 아닙니다."

"영부인도 같이 봐드릴까요?"

"그래주시겠습니까?"

윤도의 제안에 대통령의 얼굴에 화색이 돌았다.

대통령의 맥부터 잡았다. 지난번에 이상을 보이던 위마비는 제대로 풀려 있었다. 영약 처방에 대한 문제도 없었다.

"받으시죠."

윤도가 영약환을 건네주었다.

"이게… 치아가 나는 묘약입니까?"

"잠드실 때 잇몸으로 물고 주무시면 됩니다. 3일을 반복하면 새 치아가 나올 겁니다."

"오오!"

"이제 영부인을 불러주시겠습니까?"

"아, 우리 사모님."

대통령이 소탈하게 반응했다. 처음에는 어렵게만 보이던 대통령. 몇 번 만나다 보니 소박한 인품이 좋았다. 그래서 뭐든 돕고 싶은 윤도였다.

영부인은 전형적인 갱년기 증후군에 시달리고 있었다. 그중에서도 수족냉증이 심했다.

수족냉증.

일단 비장의 기혈 문제가 대두된다. 다음으로 몸이 차고 양기가 부족한 경우가 많다. 하지만 반대의 케이스도 있으니 바로 상열하한의 경우이다. 현대인들은 스트레스와 피로, 섭식의 불균형으로 간과 심장에 화가 쌓인다. 이렇게 되면 열이 위쪽으로 몰리면서 손발 등의 말단으로 혈액 공급이 잘되지 않아 수족냉증이 나타난다. 40대 이후의 여성이 냉증에 걸리면 호르몬의 변화가 원인으로 꼽히기도 한다.

"사실 침도 많이 맞아봤는데……."

영부인이 진료실 침대에 누웠다. 맥을 잡았다. 원인은 다른 데 있었다. 호르몬이 아니라 자궁냉증이었다.

"관절도 좀 안 좋으시죠?"

윤도가 물었다.

"예, 요즘 들어……."

"제가 편안하게 해드리겠습니다."

윤도의 시침이 시작되었다. 첫 침은 소장수혈과 차료혈에 들어갔다. 자궁의 이상을 바로잡는 시침이다. 다음으로 삼초를 조절해 울혈을 없앴다. 삼초에 문제가 생기면 혈맥 계열의 병이 생긴다. 마지막은 손가락의 관충혈, 합곡혈, 외관혈에 더불어 등 쪽의 지향혈을 잡아 상열하한의 문제를 정리했다. 중심부의 열을 말단으로 밀어준 것이다.

침감을 몇 번 조절하자 한열의 편차가 개선되었다. 대미는 비장의 비수혈과 장문혈이었다. 미래의 보험용이자 마무리였다.

"이제 괜찮을 겁니다."

윤도가 발침하며 웃었다.

"어머!"

손을 만져본 영부인이 소스라쳤다. 냉랭하던 손발에 온기가 돌고 있었다. 두근거리던 가슴도 나쁘지 않았다. 무엇보다 신경 쓰이던 얼굴의 홍조도 사라진 후였다.

"아휴, 이렇게 간단한 걸⋯⋯."

영부인이 윤도를 바라보며 웃었다. 하지만 대통령에게 건너간 시선은 좀 달랐다.

"진작 채 선생님에게 말 좀 해주지 그랬어요? 맨날 좋은 건혼자서 다 하시고⋯⋯."

영부인의 미간이 살포시 일그러졌다. 그러자 대통령이 조크를 날렸다.

"아이고, 우리 채 선생. 용하신 분이 갱년기 쪽은 영 아닌가보네요."

"예?"

"우리 영부인님 말입니다. 치료가 되었으면 나긋나긋해져야할 텐데 이건 평소하고 똑같이 바가지잖아요?"

"대통령님!"

듣고 있던 영부인의 목소리가 높아졌다.

"저것 봐. 치료된 게 아니라니까."

대통령의 너스레에 윤도가 웃었다. 영부인도 웃었다. 대통령 부부. 이럴 때는 그들도 영락없는 보통 사람일 뿐이었다.

"이거 엄청난 선물을 받았으니 나도 보답을 해야 할 텐데⋯혹시 애로 사항 있나요?"

집무실로 돌아온 대통령이 운을 뗴었다.

"의견이 하나 있기는 합니다만……."

"뭡니까? 이 사람이 할 수 있는 일이라면 도와드리죠."

"제가 조제해 드린 그 새 치아가 나는 약 말입니다. 대량생산은 불가능하지만 만약 가능했다면 제가 대통령님께 드리지 못했을 겁니다."

"왜죠? 채 선생이 만든 약인데?"

"제가 만들었지만 전문의약품이나 일반의약품으로 등록하면 의사만 처방권을 가지게 됩니다. 한의사는 그 약을 쓸 수 없게 됩니다."

"그런 모순이?"

"한의사로서 비애를 느끼는 제도죠. 적어도 한방 생약이나 생약 원료로 만든 약만이라도 처방권을 가졌으면 하는 게 바람입니다."

"말씀은 알겠습니다. 다만 내가 의약품 처방에 대해 잘 모르니 비서관들 통해서 공부 좀 해보도록 하겠습니다."

"고맙습니다."

일단은 운을 떼는 것으로 위안을 삼았다. 대통령이 관심을 표명한 것만 해도 고마운 일이었다.

"채 선생님."

영부인은 보답이라며 선물을 바리바리 내주었다. 그녀가 외국에 나갔을 때 받은 기념품 중의 일부였다. 되로 주고 말로

받은 윤도, 대통령 부부의 배웅을 받으며 청와대를 나왔다.

"청와대 일은 잘 보셨습니까?"

음식점에서 만난 류수완이 말을 건넸다. 그는 차 이사와 둘이었다.

"한약 처방만 전하고 왔습니다."

"우리 채 선생님은 몸이 두서너 개쯤 되어야 하는데……."

"제 말이 그겁니다."

옆자리의 차 이사가 거들고 나섰다.

"아, 엘리자베스 건도 말씀드리세요."

류수완이 차 이사를 돌아보았다.

"CF 건 말이군요?"

"CF 건이요?"

윤도가 고개를 들었다.

"이틀 전에 연락이 왔는데 얼굴 피부가 거의 정상으로 돌아왔답니다. 사진 한번 보시겠습니까?"

차 이사가 사진을 꺼내놓았다.

"우와!"

사진을 본 윤도가 감탄사를 토했다. 완전한 생얼의 엘리자베스. 흉은 거의 남아 있지 않았다.

"미국에서 말하던 영화가 머잖아 크랭크인될 거라고 합니다. 해서 선생님 말대로 CF를 추진하고 있습니다. 분위기 떴을 때 밀어붙이는 게 좋을 거 같아서요."

"광속이군요."

"그래서 말인데… 그녀 말이 광고료는 진짜로 선생님께 드려야 한다고……."

"그건 맞습니다. 엘리자베스에게 받을 치료비거든요."

윤도가 웃었다. 계산은 계산이었다.

"아무튼 저희 광고대행사에게 물었더니 엘리자베스 정도라면 1년 계약에 기본 30억은 책정한다고 합니다. 해서 그대로 책정했습니다."

"부담이 되면 좀 깎아드릴까요?"

"천만에요. 사장님 말씀은 이슈를 위해서 오히려 50억으로 가는 게 좋겠다고……."

"사장님."

윤도가 류수완을 바라보았다.

"그렇게 하십시오. 실탄은 충분하고도 남습니다. 선생님 덕분에 주가는 연초 대비 무려 12배나 올랐고 각국의 판매 독점권으로 들어온 계약금과 선금이 1억 불에 가깝습니다. 선생님의 지분을 입금하고 R&D 투자에 공장 확충까지 해도 실탄이 남아도는 실정입니다."

"그건 반가운 소리로군요."

"광고도 R&D만큼이나 중요한 요소입니다. 엘리자베스는 치매 스토리까지 담겼으니 100억을 줘도 남을 장사입니다."

차 이사의 목소리에도 힘이 실렸다.

"그 문제는 사장님 생각에 맡기겠습니다."

윤도는 류수완의 뜻에 따르기로 했다. 박대를 하는 것도 아니고 대우를 해준다는 데야 이견이 있을 수 없었다.

"그럼 이제 두 번째 안건으로 넘어가겠습니다."

차 이사가 다른 서류를 꺼내놓았다. A4에 정리된 국가치매추방사업 건에 대한 요약이었다.

"국가치매추방사업 계획안? 이건 왜?"

윤도가 물었다.

"복지부 직원들이 오는 이유입니다. 원래는 회사에서 만날까 했습니다만 일단은 의견 청취 성격이라기에 밥집을 택했습니다."

"우리 신약 관련 문제일까요?"

"그렇습니다. 기존 제약사들의 반발이 있기는 한 모양인데 우리 신약 '그노몬'의 효능이 북미 시장에서 인정을 받았으니 표면화시키는 모양입니다."

"그렇군요."

"서류를 보면 아시겠지만 정부가 치매와의 전쟁을 선포하려는 프로젝트입니다. 치매의 심각성을 이제 깨달은 거죠. 이대로 가면 30여 년 후에는 노령 인구 2할 가까이가 치매 환자가 될 판이거든요."

"치매가 심각하긴 합니다. 게다가 평균 연령은 더 늘어날 테고요."

윤도도 동의했다.

"사실 의약계에서 지속적으로 위험 신호를 주었지만 예산과 정치적 우선순위에 밀려 받아들여지지 않았지요. 그 결과 지난해 기준으로 치매 환자가 70만여 명에 육박하게 되었습니다. 국가적으로도, 개인적으로도 굉장한 부담이 아닐 수 없습니다."

"복지부의 의중은 뭘까요?"

"계획안을 보면 치매 치료제 연구 개발과 조기 진단이 역점 사업입니다. 일단 10여 년간 약 2조 원을 투입해 토탈 치매 관리책을 마련하겠다는 건데 우리에게는 치료약 쪽을 상의하지 않을까 싶습니다."

"상의라면?"

윤도는 구체적인 의견을 원했다.

"가격 문제 같습니다. 우리 약의 단가가 기존 약보다 조금 높게 책정되었지 않습니까? 약효로 보아 당연한 겁니다만 국책사업은 예산이라는 문제가 있으니……."

"단가는 최대 12%까지 여유가 있습니다. 대량 납품이라면 말이죠."

류수완이 수치를 제시했다.

"알겠습니다. 그건 그렇고, 사장님. 지난번에 통화로 말씀드린 사안 말입니다. 오늘 분위기 봐서 화두로 삼고 싶은데 괜찮겠습니까?"

"의약품 제도 말이군요?"

"예."

윤도가 답했다.

의약품 제도.

청와대에서 말한 문제이다.

한의사.

의료인에 속하지만 의사에 비해 제약이 많았다. 우선 의약품 조제와 처방권에서 그랬다. 한의사가 질병 치료를 위해 전문의약품을 처방할 수 있을까? 슬프게도 '없다'가 정답이다. 그럼 일반의약품은 어떨까? 그 또한 '없다' 쪽이다.

한의사는 자신이 치료용으로 사용하는 한약 및 한약재를 자신이 직접 조제하도록 규정하고 있을 뿐 일반의약품이나 전문의약품을 처방, 조제할 권한은 없었다.

대통령에게 말했듯이 여기서 모순이 발생했다. 현행법에 의하면 윤도가 개발한 치매 신약 '그노몬'. 개발자인 윤도조차 처방이 불가능한 것이다.

"저희 법무 팀에서 법안 분석을 해보았는데 개발자라고 해도 일반, 전문의약품으로 등록되면 처방은 불가능한 것으로……."

류수완이 뒷말을 흐렸다.

"쩝, 법이라는 게 참……."

차 이사도 쓴 입맛을 다셨다.

"방법이 없는 겁니까? 신약 자체야 치매 환자들을 위한 거지만 생약 중심에 한방 혈자리 원리를 적용한 신약을 한의사들은 건드릴 수도 없다면 문제가 있다고 생각합니다."

윤도의 목소리에 힘이 들어갔다.

"법안이 문제인데 부령이나 예외 조항을 넣게 되면……."

류수완이 의견을 냈다.

"하긴 이 문제는 채 선생님만이 이의 제기를 할 수 있을 겁니다. 분위기도 그렇고… 분위기 될 때 큰 그림 한번 그려보시죠."

차 이사가 힘을 실어주었다.

"도착했다는군."

류수완이 문자를 보며 말했다. 잠시 후 발소리와 함께 세 사람이 들어왔다. 노 차관과 이 국장, 그리고 지 과장이었다.

"노 차관님."

윤도가 반색했다. 차관 일행도 반가운 마음을 감추지 않았다. 윤도 쪽에서 셋, 복지부에서 셋, 모두 여섯 사람. 일단 식사부터 했다. 공적인 자리였으니 식사비는 개별 2만 원에 세팅했다. 김영란법 때문이다.

화제는 단연코 윤도였다. 노 차관도 미국의 일을 알고 있었다.

"월드 스타 엘리자베스를 직접 본 소감은 어떠셨나?"

노 차관이 호기심을 보였다.

"차관님도 팬이신가요?"

"나는 뭐 남자 아닌가? 그 친구가 미모도 미모지만 연기가 되잖나?"

"그렇긴 한데 저는 얼굴에 피부갑착증이 심할 때 만나는 바람에 처음에는 매력을 몰랐습니다."

"허어, 가진 자의 배부른 소리……."

"나중에 공항에 배웅을 나왔는데 그때는 매력이 보이더군요."

"미모 얘기는 조크고 아무튼 대단했네."

"으음, 조크가 아닌 것 같은데요?"

"응? 그런가? 내가 이거 표정 관리가 미숙해요."

노 차관이 웃자 일동이 함께 웃었다. 몇 마디 덕담이 오간 후 노 차관이 본론에 시동을 걸었다.

"실은 오늘 채 선생과 류 사장님 고견이 필요해서 말이지……."

"말씀하십시오."

윤도가 추임새를 넣었다.

"이 국장이 말씀드리시게."

노 차관이 이 국장에게 공을 넘겼다.

"길게 이야기하자면 한이 없으니 간단히 얘기하겠습니다."

이 국장은 명쾌한 목소리로 말을 이어갔다.

"정부가 치매 사업에 역점을 두게 되었습니다. 조기 진단, 치료, 환자 간병, 인프라 구축이 주요 골자인데 이 자리에서는 신약 문제입니다. 그전에 미리 밝힙니다만 저희가 이미 기존 병원의 의사와 환자들을 상대로 당해 네 개 제약사의 제품에 대해 전수 조사를 마쳤습니다. 아울러 국제공인기관의 약효 분석 또한 받아둔 상태고요."

"……!"

전수 조사와 국제공인기관 검사.

두 용어에서 류수완과 차 이사가 꿈틀 반응했다. 전수 조사까지 끝났다면 거의 내락이 된 수준일 수 있었다. 약효에는 자신이 있는 류수완.

그러나 전수 조사와 약효 분석이란 어떤 측면에서 했는지가 중요한 것이니 여론 조사와도 통하는 면이 있었다. 일부 측면만을 부각한다면 왜곡된 결과가 나올 수 있었다. 많은 정부

사업은 그런 선례에서 자유롭지 못했다.

꿀꺽.

류수완이 마른침을 넘겼다. 차 이사 역시 이 국장에게 꽂힌 시선을 떼지 못했다.

"그 결과……."

핸드폰의 자료를 보던 이 국장이 뒷말을 붙여놓았다.

"강외제약의 새 치료제 '그노몬'이 압도적인 최고점을 받았습니다."

"오!"

긴장하던 류수완이 주먹을 불끈 쥐었다.

"결과는 이미 특별위원회 쪽으로 넘어가 있습니다. 원래는 공정성을 기하기 위해 여러 제약사에 고른 기회를 주려고 했습니다만 사업의 목적이 치매 퇴치가 되다 보니 재고 말 것도 없는 분위기가 되었고, 대통령께서도 법에 얽매여 형식을 찾지 말고 내실을 기하라는 엄명이 계셨습니다."

형식보다 내실.

윤도의 신약에 이로운 발언이었다.

"해서 특별위원회에서도 따로 검토 중이긴 합니다만 뒷말하기 좋아하는 사람들의 딴죽을 방지하기 위한 의견을 좀 드릴까 싶어서……."

"……."

"그노몬 치매 신약, 특허도 나왔지요?"

"그렇습니다. 한국과 미국은 물론이고 유럽연합도… 모든 심사를 통과했다는 통보가 와 있습니다."

차 이사가 대답했다.

"이 약에 대한 원천 권리는 채윤도 선생님, 생산 판매 권한은 강외제약, 맞습니까?"

"맞습니다."

"해서 두 분에게 묻습니다만… 저희가 이 약을 수의계약 진행하는 방식으로 독점권을 드린다면 위원회가 사전에 조사한 시장 평균 가격보다 조금 낮은 가격으로 파트너가 되어주실 수 있는지요? 다만 그렇다고 해서 약의 성분이나 주요 함량에 차이가 있어서는 안 됩니다."

이 국장이 윤도와 류수완을 번갈아 바라보았다.

"대답은 저희 채 선생님께서 해주실 겁니다. 저는 채 선생님의 심부름꾼에 불과하니까요."

류수완이 윤도에게 결정권을 넘겼다.

"사장님."

"그게 맞습니다. 이 약의 주인은 선생님입니다."

"……"

"그러니 선생님의 신념대로 하십시오. 제가 나설 자리가 아닙니다."

"……."

윤도는 황망했다. 신약 개발자인 것은 맞지만 신약의 경영에 대해서는 잘 알지 못했다. 하지만 마음은 이미 OK 쪽으로 기울어 있었다. 더구나 류수완으로부터 12%의 여유를 들은 상황.

"치매 환자들에게 도움이 된다면 대승적 차원에서 수용하겠습니다."

잠시 골똘해 있던 윤도가 마음의 결정을 내렸다.

"고맙습니다. 그럼 강외제약의 입장도 같은 것으로 알겠습니다."

이 국장이 류수완을 돌아보았다.

"다만……."

거기서 윤도가 말꼬리를 잡고 나왔다.

"한 가지 질문이 있습니다."

"말씀하시게."

노 차관이 답했다.

"세 분은 너무나 잘 아시겠지만 제가 개발한 치매 신약 말입니다. 현행법에서는 저조차 치료 처방을 내게 되면 불법이 되더군요."

"……!"

세 관료의 눈이 동시에 출렁거렸다. 그들 역시 오는 막간에

나눈 화제였다.

"맞습니까?"

윤도가 확인차 물었다. 겸손하지만 묵직한 눈빛이다.

"그렇다네."

차관이 답했다.

"어떻게 생각하십니까?"

"……."

노 차관이 침묵했다. 이 국장과 지 과장도 그랬다. 윤도가 만든 한방 치매 신약. 그러나 윤도가 처방할 수 없게 되는 현행법. 누가 봐도 '유구무언'이 되어버리는 현실이었다.

"제가 개발했지만 제가 사용하려면 원방을 가지고 매번 탕약을 만들어야 합니다. 백 명이 오면 백 번, 천 명이 오면 천 번. 간편하게 쓸 수 있는 약을 만들어놓고도 말입니다."

"채 선생……."

"이건 굉장한 모순이라고 생각합니다. 이래 가지고서는 다음 신약을 만들 의욕이 나지 않습니다."

"……."

"죄송하지만 이 약만은 한의사에게, 아니, 그조차 안 된다면 최소한 저라도 제 신약을 처방할 수 있는 방법을 부탁드립니다."

윤도의 딜이 나왔다.

세 관료는 무거운 숨을 쉬며 서로를 돌아보았다. 이는 법안이 필요한 일. 게다가 쉬운 일도 아닌 일. 그렇기에 이 자리에서 즉답할 수 있는 일이 아니었다.

"차관님……."

윤도가 답을 촉구했다.

"알아보도록 하지."

침묵하던 차관이 반응했다.

"차관님."

옆 자리의 이 국장 눈이 휘둥그레졌다. 차관의 무리수라는 걸 아는 까닭이다.

"쉽지 않다는 건 나도 아네. 하지만 채 선생 말이 틀린 데가 없잖은가? 한방 원리로 만든 약품에 한해서라도 한의사에게 처방권을 주는 방안을 찾아보시게. 그게 아니면 최소한 생약 개발자에게라도. 법안에 모순이 있다면 그걸 바로잡는 게 우리 관료들의 역할 아닌가?"

노 차관의 목소리는 준엄했다. 이 국장은 마른침을 넘기며 고개를 숙였다.

"하지만 채 선생."

"예."

"대신 채 선생도 지원사격을 해야 하네. 법안이라는 건 단 한 줄, 한 단어를 바꾸는 데도 첨예한 게 많다네. 당장 의사들과 약사들이 반발하고 나설 거야."

"……."

"결론은 국회 쪽인데, 거기서 부드럽게 넘어가려면 야당이 문제네. 여당 쪽 상임위 위원들은 내가 어떻게 이해를 시켜보겠지만 야당은 분명 딴죽을 걸고 나올 걸세."

"제가 무엇을 하면 됩니까?"

"다행히 야당 총재와 원내총무도 채 선생에게 호의적인 눈치더군. 그러니 채 선생이 만나서 이해를 시키시게. 최근 채 선생 행적이 굉장하니 결코 무시하지 못할 걸세."

야당 총재.

내가 만든 약, 내가 쓰겠다는데 정치권과 섞이고 말았다. 하지만 목마른 자가 우물을 파는 법. 선례를 위해서도 짚고 넘어갈 문제이니 윤도가 나설 수밖에 없었다.

"그렇게 하지요."

윤도가 수긍하면서 논의가 마감되었다. 윤도의 치매 신약 '그노몬'이 국가 치매 사업의 공식 파트너 약으로 등장하는 순간이었다.

6. 불덩이 속의 소방관

챙!

조용한 바(Bar)로 옮긴 윤도와 류수완, 차 이사가 싱글 몰트 위스키로 건배를 했다. 화끈하게 넘어간 후 목 안에서 퍼지는 달달한 향이 좋았다.

"고맙습니다, 선생님."

류수완은 몇 번째 윤도에게 인사를 건넸다.

"고맙긴요, 저는 또 배짱 안 튕겼다고 뭐라 하실까 걱정했는데……."

"설마요? 제가 아까 눈치를 줬지 않습니까? OK 하세요, 하세요 하고……."

"느꼈습니다. 그래서 저도 바로 OK를 날린 거고요."

"기존 제약사들 다 뒤집어질 겁니다. 분명 뭔가 꼬투리 잡을 궁리를 하고 있었을 테니 말입니다."

"약효가 월등한데도 그럴 여지가 있나요?"

"국가사업이라는 게 나눠 먹기 식이 굉장히 많거든요. 말이라는 건 갖다 붙이면 말이고요, 정치인들과 공무원들은 그런 말장난의 달인들입니다. 제약 회사의 균형적인 발전을 저해한다. 독점 계약의 이면에는 구린 거래가 있을 거다……."

"그렇군요."

"대개는 공무원들이 먼저 몸을 사리는 법인데 이번 일은 제대로 처리가 되는군요. 다른 제약사들의 기존 약은 증상을 완화시키거나 악화를 늦추는 게 기본이지요. 근본적인 치료를 하는 우리 신약과는 하늘과 땅 차이입니다."

"그래도 개선할 점이 많습니다. 기왕이면 치료율과 안정성을 더 높여야 하지 않겠습니까?"

"당연하죠. 그렇잖아도 제가 연구원들에게 상금을 걸어두었습니다. 우리 신약의 부작용이나 약효 증진 방안을 찾아내면 1억 원을 주겠다고요."

"하여간 사장님 배포도 알아줘야 한다니까요."

"배포도 채 선생님이죠. 그 자리에서 바로 처방권을 거론하실 줄 몰랐습니다."

"제 실수였나요?"

"아닙니다. 한의사들에게는 어차피 넘어야 할 산이죠."

"한방 원리의 약과 선생님만으로 특정한 거, 신의 한 수였다고 봅니다. 만약 약 처방권 전체를 거론했다면 난색을 표했을 가능성이 높거든요."

차 이사도 거들고 나섰다.

신의 한 수.

사실 윤도로서는 깊은 생각 끝에 나온 말이었다.

―의약품 처방, 조제권을 다 주시오.

될까?

법이란 바꿔 버리면 그만이다. 하지만 이해관계가 걸린다. 의약품에 관한 이해관계는 첨예하다. 의사와 약사가 들고일어난다. 정부는 골치가 아파진다.

그래서 윤도 한 사람이었다. 전 국민적인 관심의 대상이 되어버린 윤도이다. 세계적인 관심사로 떠오른 치매 신약이다. 그걸 개발하고 특허까지 받은 한의사가 그 약을 처방할 자격이 없다? 말도 안 되지. 국민의 공감을 얻기에 충분한 일이었다. 더구나 윤도의 이미지는 대한민국 최고의 품격으로 올라가 있었다.

그것에 대한 예외.

가능성이 있었다.

윤도는 사실 물꼬를 틀 생각이었다. 그래서 한의사가 안 되면 윤도라도 가능하게 해달라는 것이었다. 자기 신약, 내가 사용하려는 이기적인 권리 주장이 아니라 예외 조항을 만듦으로써 발판을 세우려는 것이다. 선례나 예외가 되면 다음 단계가 쉬워진다. 한의사로서 윤도가 처방하면 다른 한의사가 처방하더라도 큰 죄를 묻기 어려운 까닭이다. 윤도도 한의사, 그도 한의사이므로.

"어이쿠, 그런 고난도 전략이었군요?"

윤도의 말을 들은 류수완이 무릎을 쳤다. 묘수가 아닐 수 없었다. 류수완은 회사 차원에서의 지원을 약속했다. 국회 보사위에 소속된 의원들에게 공식 후원금도 낼 생각이다. 소위 말하는 기름칠이다.

"고맙습니다."

윤도의 마음이 든든해졌다.

"천만의 말씀. 선생님과 저희는 이제 단순한 파트너가 아닙니다. 공동 운명체가 되는 것이죠."

"예……"

"이제 다음 신약은 또 뭡니까? 여기서 스톱할 건 아니죠?"

류수완이 잔을 채워주며 물었다.

"이번에는 미용 약이 어떻습니까? 제가 채집한 자료 보니까 선생님이 여자들 얼굴 피부 개선에도 탁월하시다고 하던데?"

귀를 기울이던 차 이사가 의견을 개진하고 나섰다. 신약 이야기만 나오면 의욕이 불타는 두 사람이다.

"그쪽도 고려는 하고 있습니다."

"이야!"

"하지만 얼굴의 미를 탐색하는 건 그냥 개별적으로 할 생각입니다. 피부가 고와지지 않는다고 병이 되는 것도 아니니 기왕이면 고질병으로 고통받는 환자들에게 기여하는 쪽으로 가보고 싶습니다."

"저도 공감입니다."

류수완이 잔을 들었다.

"그래서 하는 말인데요."

손깍지를 낀 류수완이 윤도에게 시선을 주었다. 윤도가 귀를 기울였다.

"두 가지 프로젝트를 구상 중입니다. 하나는 선생님 이름으로 장학재단을 설립."

"장학재단이라고요?"

위스키를 홀짝이던 윤도의 눈이 휘둥그레졌다.

"북미 시장 진출 기념으로 말입니다. 신약 이익금의 일정 부분을 떼어 적립하고 그 돈으로 한의대에 가고 싶지만 돈이 없는 학생을 엄정 선발해서 지원하는 겁니다. 선생님의 인술을 이어갈 동량(棟樑)을 더 많이 발굴해야 우리나라의 한의학 의술이 더 발전할 거 아닙니까?"

"사장님."

"지금 추세라면 어려운 일도 아닙니다. 선생님, 침술 집중 교육의 한의대를 만들고 싶다고 하셨죠? 그렇다면 장학재단으로 뿌리부터 튼튼하게 만들어야죠. 그게 한의학의 정신하고도 통하는 거 아닙니까? 부분 치료가 아니라 원리 치료를 중시하는 우리 한의학."

"또 하나는요?"

"채윤도 한의학상."

'채윤도 한의학상?'

"조금 쑥스러우실 수도 있지만 그런 생각은 버리십시오. 선생님은 지금까지의 업적만 해도 국가 대표 의료인입니다. 해서 선생님 이름으로 거액의 한의학상을 수여하면 한의학 진작에 도움이 되리라고 봅니다."

"사장님……."

"채윤도 장학재단, 일침 장학재단, 둘 중에 이름이나 선택하세요. 이 달 안으로 법인 신청하고 출범시킬 겁니다."

"……."

"건배할까요? 우리 장학재단을 위하여!"

류수완은 뚝심으로 밀어붙였다. 거기에 취한 윤도, 잔을 든 손이 얼떨결에 올라갔다.

류수완.

참 반듯한 사업가였다. 장침만큼이나 좋은 인연이었다. 위스키를 털어 넣었다. 취하지도 않았다.

장학재단······.

윤도의 안으로 별 하나가 더 들어왔다.

*   *   *

하루 30분.

진료가 끝나면 안미란과 혈자리 공부를 했다. 혈자리는 지문이었다. 또 혈자리는 성문이었다. 그리고 홍채였다. 다 같은 듯하지만 다 다른 혈자리. 그렇기에 환자와 질환, 특성에 맞춰 노하우를 쌓아야 했다. 그러다 보면 자신의 혈자리를 가질 수 있었다. 질병에 따라 조금 더하고 덜하는 능력을 갖추는 것이다. 그러나 그 중심은 역시 기본.

"시작할까요?"

윤도가 안미란을 바라보았다.

"네."

"그럼 갑니다."

신호와 함께 윤도가 선창을 시작했다.

"상한(傷寒)의 처음은 풍부혈에 자침하고 음양의 경락을 나누어 시침에 돌입하네. 머리와 이목구비의 질환은 곡지혈과 합곡혈……."

윤도가 돌아보자 안미란이 곡을 이었다.

"편두통은 아픈 쪽 반대를 잡되 열결혈과 태연혈은 보를 금하라. 붉은 눈은 영향혈에 피를 내면 직방이니 임읍과 태충혈, 합곡혈에 자침하라."

"혀가 꼬이면 수삼리혈이 명혈이라 어깨에서 배꼽에 이르는 병을 다 아우르네. 곽란은 중완을 깊이 찌르고 협통에는 양릉천, 복통에는 공손혈과 내관혈을 다스리리라."

"이질에 걸리면 합곡혈과 음릉천이 천하 명의라 설사와 복부 질환을 보면 반드시 족삼리와 내정혈을 찾을 일이다."

"요통은 환도혈과 위중혈이오, 사산에는 삼음교, 토혈에는 척택혈, 간질에는 노궁혈, 치매에는 신문혈……."

선창에 윤도와 안미란의 구분이 없어졌다. 둘이 부르는 혈자리 가(歌)는 중국 명대의 의학 입문에 나오는 잡병혈법가였다. 윤도가 직접 번역해 음을 붙였으니 이따금 안미란과 호흡을 맞추며 공부로 삼았다.

"더 할까요?"

안미란이 윤도를 향해 물었다.

"심화 학습이요?"

"네."

"좋습니다. 신주혈이 어떻게 장을 고칠 수 있을까요?"

"신주는 폐와 이어지고 대장은 폐에 속하니까요. 그렇기에 신주에서 장의 질병을 잡을 수 있습니다."

"신주뿐인가요?"

"노수혈도 비슷하다고 볼 수 있습니다."

"신주의 또 다른 매력은 뭐죠?"

"어린이에게 좋은 혈자리입니다. 화침을 넣으면 몸의 피로가 사라지는 혈자리이기도……."

"소음인으로 대변되는 허약 체질에 살을 찌우려면?"

"비장의 혈자리를 잡아야 합니다. 비장이 나쁘면 살찌기 어렵습니다."

"위경련 시에 딱 하나의 혈자리만 쓰라면 어떤 게 좋을까요?"

"양구에 화침을 넣으면 됩니다. 바로 멎게 되죠. 원장님이라면 어깨의 견우혈에서 탈명, 곡지에 이르는 일침삼혈을 넣을 수도 있겠네요."

척척 맞아들었다. 그녀의 열정은 스펀지와도 같았다. 윤도가 알려주면 무조건 흡수하는 것이다.

"그래도 명혈 찾기는 너무 어려워요. 어떻게 하면 원장님처럼 일침즉쾌를 할 수 있는 건지……."

"답은 알려줬잖아요."

"천리마상유백락난심(千里馬常有伯樂難尋)이요?"

"네."

윤도가 빙그레 웃었다.

천리마상유백락난심은 중국 춘추시대 손양을 뜻하는 말이다. 그는 천리마를 가려내는 안목이 뛰어나 백락으로 불렸다. 윤도가 하고자 하는 말은 천리마(혈자리)는 많지만 그걸 알아내는 능력자(백락)가 없을 뿐이라는 것, 즉 명혈은 인체 곳곳에 있으나 한의사의 능력 부족으로 질병과 연결하지 못한다는 의미였다.

"아, 언제 중국 가면 백락 무덤이라도 찾아봐야겠어요. 무슨 계시라도 나올지……."

"나중에 명의순례 한번 다녀오세요. 경비는 한의원에서 대드릴게요."

"와아!"

안미란이 좋아했다.

그녀와 공부하는 사이에 세월이 흘러갔다.

그사이에 엘리자베스가 다녀갔다. 그녀는 윤도의 일침한의원을 배경으로 치매 신약 CF를 찍었다. CF는 미국 시장부터 소개되었다. 그렇잖아도 인기 몰이를 하던 신약은 엘리자베스의 영화 크랭크인 소식과 함께 주가가 치솟았다.

엘리자베스에게는 20억 대우를 해주었다. 그녀 자신에게도 뜻깊은 CF였다. 물론 현금을 준 건 아니었다. 윤도에게 1,000만 불 부채가 있는 까닭이다.

그렇다고 공짜로 시켜먹은 건 아니었다. 그녀에게 준 선물이 있었다. 산해경에서 꺼내온 영약 순초였다. 피부를 아름답게 하는 약초였으니 엘리자베스는 아기 피부로 CF를 찍었다.

─강외제약 그노몬을 먹으면 치매도 낫고 피부도 고와진다.

덕분에 헛소문까지 나돌았다. 그 또한 CF 화면에 나온 그녀의 생얼 때문이었다. 최고의 포토샵보다 빛나는 피부였으니 엘리자베스는 20억을 받은 것보다 행복한 표정으로 돌아갔다.

통장에 꽂히는 돈은 셀 수도 없었다. 한의원의 탕약만으로도 거액을 벌어들이던 윤도. 두 신약의 특허권과 지분은 상상불허의 액수로 늘어나고 있었다.

진경태에게 새 아파트를 한 채 사주었다. 그가 사양했지만 윤도가 강행했다. 다들 고맙지만 진경태는 남달랐다. 그가 있기에 마음 놓고 신약에 약침액 개발에 매진할 수 있었다.

하남의 학교 부지도 늘렸다. 부지 인근의 땅을 모두 사들였지만 재산은 별로 줄지 않았다. 윤도는 통장은 화수분과도 같왔다.

*   *   *

정광패.

백차웅.

토요일 오후, 두 야당 거물을 뒤져보았다. 류수완이 다리를 놓고 있지만 거기에만 기댈 수는 없었다. 정치 거물답게 수많은 뉴스가 있었다. 하지만 건강에 관한 뉴스는 없었다.

암이라든지 녹내장 같은 질환이 있다면 일이 쉬워질 수도 있는 것. 아쉬움을 삼킬 때 곁가지 정보가 눈에 띄었다.

사회 지도층 승마 소유 실태.

이슈가 되고 있는 사건 덕분에 조사된 자료였다. 많은 사회 지도층이 수억에서 수십억 하는 말을 소유하고 있었다. 일부는 2세의 편법 대학 입학용이거나 기업의 후원으로 의심되는 말들이 있어 비난의 대상이 되고 있었다.

그 와중에도 미담은 있었다. 미담의 주인공은 중학생 선수였다. 한쪽 눈에 장애를 입은 말과 호흡을 맞춰 국제 대회에서 우승을 했다는 기사였다. 혈통은 좋지만 한쪽 눈의 장애

때문에 아무도 거들떠보지 않은 말. 그걸 거둬 애정으로 돌본 선수에게 박수가 쏟아졌다. 거기에서 윤도의 눈이 정지했다. 그 여중생 선수의 조부가 바로 전임 야당 총재이자 막후 실력자로 꼽히는 정광패였다.

한쪽 눈에 장애를 입은 말.

'가만……'

윤도가 산해경을 뒤졌다. 소나 말에 대한 영약을 본 것 같았다. 꿩 대신 닭이라고 뭐든 대비하고 있는 게 좋을 것 같았다. 책을 넘길 때다. 돌연 장식장이 흔들렸다. 어지러운가 생각했지만 알고 보니 지진이었다.

산해경을 밀어두고 뉴스를 틀었다. 남부 지방이었다. 지난번 지진이 일어난 지역에 또다시 지진이 온 것이다.

"원장님."

안미란에게 전화가 들어왔다.

"혹시 지진 현장으로 가실 거 아닌가요?"

그녀의 질문이 답이 되었다. 윤도는 지진 현장으로 달려갔다. 안미란도 동참했다. 낌새를 눈치챈 직원들도 전격 동참을 선언했다. 학교 운동장에 천막을 쳤다. 거기가 임시 진료실이 되었다. 황금 케미의 직원들의 호흡은 이재민 현장에서도 빛을 발했다. 한 명, 한 명 시름을 덜고 나갈 때마다 삶의 보람이 피어올랐다.

이재민을 돌보고 오는 길에 전화를 받았다. TS의 김 전무였다.

—채 실장, 아직 지진 현장이신가?

김 전무가 물었다.

"어, 아닙니다. 대략 마치고 올라가는 길입니다. 그런데 어떻게 아셨습니까?"

—어떻게 알다니? 방송에서 천의(天醫)가 왔다고 난리였는데……

"아……"

윤도가 바로 감을 잡았다. 현장에 온 성수혁이 범인인 모양이다.

—회장님도 보셨는지 바로 지시가 왔더군. 채 실장님이 고생하는데 우리도 성금 넉넉히 준비하라고.

"하핫, 반가운 소리네요."

—다음 주에 의무실에 나오실 차례지?

"예."

—괜찮으면 내일 좀 오실 수 있을까?

"내일이요? 응급환자가 있습니까?"

—그런 건 아니고… 채 실장이 좀 봐줘야 할 직원들이 있어서……

"알겠습니다. 오전 진료 마치고 오후에 가겠습니다."

"그럼 조심해서 올라오시게."

통화가 끝났다. 그런데 김 전무의 목소리가 다소 무거워 보였다.

"목소리가 좀 안 좋으시네?"

윤도가 고개를 갸웃하자 옆 좌석의 안미란이 운을 떼고 나왔다.

"TS전자 김 전무님이요?"

"예."

"백혈병 때문 아닐까요?"

"백혈병이요?"

"잠깐만요."

안미란은 뭔가를 검색하더니 윤도 앞에 내밀었다. TS전자 관련 보도였다.

"이슈가 되어 읽어봤는데 그쪽 현장에서 일하는 근로자 두 명이 백혈병에 걸렸대요. 그런데 공교롭게도 두 직원이 같은 생산 라인에서 근무한 사람이라네요. 그러니까 A가 먼저 근무하다 백혈병에 걸려 퇴사했는데 그 자리에 들어온 B 직원이 2년 만에 또 백혈병 판정을 받은 거예요. 나중에야 그 사실을 알게 된 직원들이 회사에 백혈병 배상을 요구했는데 TS에서는 인과관계가 없다며 거절하고 치료비만 일부 대준 모양이더라고요. 그래서 두 직원이 언론에 호소를……."

"그래요?"

윤도의 시선이 기사로 옮겨갔다. 기사의 맥락은 안미란의 말대로였다.

〈같은 생산 라인에서 일하던 두 직원의 연속 백혈병 진단〉

〈다른 라인의 직원들은 정밀 역학조사에서 관련 없음 판정〉

〈회사는 작업 환경 평가서를 들어 두 직원의 주장을 일축〉

기사만 보면 양쪽 다 공감이 가는 일이었다. 같은 라인에서 일한 두 직원의 연속 백혈병 진단. 우연일까? 회사는 우연으로 보고 직원들은 필연으로 보고 있었다.

그러나 댓글은…….

당연히 직원들 편이었다. 그들이 약자이기 때문이다. 자칫하면 회사 이미지에 타격을 입을 수 있는 상황. 그렇기에 윤도가 필요한 눈치였다.

백혈병…….

생각하는 사이에 서울에 닿았다. 그런데 도로가 좀 복잡했다. 소방차도 분주히 출동하고 있었다.

"어디 불이라도 났나?"

핸드폰을 체크하던 안미란의 얼굴이 하얗게 굳어버렸다.

"원장님……."

화면에 꽂힌 그녀는 뒷말조차 잇지 못했다. 화재 현장, 바로 일침한의원 쪽이었다.

"……!"

얼어붙기는 윤도도 마찬가지였다. 불이었다. 그것도 노도처럼 타고 있었다.

"원장님!"

안미란의 목소리가 찢어졌다.

"안전벨트 조여요."

윤도의 목소리가 변했다. 동시에 가속 페달에 힘이 들어갔다.

바아앙!

스포츠카가 치고 나갔다. 뒤에서 쫓아오던 진경태로부터 전화가 들어왔다. 그들은 상황을 모르는 모양이다. 윤도가 받지 않자 안미란에게 전화가 왔다.

"한의원에 불난 것 같아요!"

안미란이 외쳤다. 진경태의 차도 폭주를 시작했다. 앞서가던 차량을 추월하며 쏜살처럼 달려 나갔다. 소방차가 보이고 그 뒤로 시커먼 화마가 보였다. 차에서 내린 윤도가 미친 듯이 뛰었다.

"원장님!"

안미란이 외치지만 돌아보지 않았다.

불…….

불이었다.

소방차가 빨갛게 모여 있었다. 윤도가 다가서자 통제 경찰들이 윤도를 막았다.

"저기 한의원 원장입니다."

윤도가 경찰을 밀었다.

"위험합니다. 들어가면 안 됩니다."

경찰은 비켜주지 않았다. 불길은 심각했다. 한의원 인근에서 발화된 불이 옆 건물로 옮겨 붙었고, 지금은 윤도의 한의원과 나란한 목조건물을 태우고 있었다. 불길에 휩싸인 3층 건물. 천연 목재로 리모델링을 한 건물이었다. 구조로 보아 윤도의 한의원이 불붙는 건 시간문제였다.

"원장님!"

진경태와 종일이 도착했다.

"천영희 아줌마는요?"

윤도는 직원의 안부부터 물었다. 미화원인 천영희는 한의원이 문을 닫는 날에도 나와 청소하는 경우가 많았다.

"집에 있답니다. 지금 여기로 나오고 있다고⋯⋯."

"그건 다행이군요."

화답하는 윤도의 시선은 여전히 불길에 있었다. 인명 피해 걱정은 없었다. 하지만 한의원 안에는 무척 소중한 물건이 있었다. 바로 신비경이다.

"여기 책임자가 누구입니까?"

윤도가 통제 경찰에게 물었다.

"저희 서장님과 소방서장이 현장을 지휘하고 있습니다."

"어디죠?"

"저쪽입니다만……."

윤도는 경찰이 가리키는 방향으로 뛰었다. 동시에 청와대 정 비서관에게 전화를 걸었다. 한의원은 아직 불붙지 않았다. 그렇다면 방열복을 빌려서라도 신비경을 가지고 나와야 했다.

하지만……

'젠장!'

비서관과 연결이 되지 않았다. 계속 통화 중인 것이다. 다행히 소방서장은 안면이 있었다. 구대홍 덕분이다. 15년 전 화재 진압 시 허리를 다친 소방서장. 고질병을 달고 살다 구대홍의 소개를 들었다. 가까운 곳이니 긴가민가하고 찾아온 적이 있다. 그 허리를 펴준 게 윤도였다.

"소방서장님!"

윤도가 지휘소에 뛰어들었다.

"원장님!"

"죄송합니다. 한의원에 좀 들어가야 합니다."

"환자가 있습니까? 저희가 체크했습니다만……."

"중요한 물건이 있습니다. 불에 타면 안 되는 물건입니다."

"하지만······."

소방서장의 시선이 한의원으로 향했다. 한의원은 이미 화재의 사정권에 있었다. 게다가 옆 건물이 전소 직전까지 치달으면서 한의원 쪽으로 기운 상황. 들어가면 목숨을 기약할 수 없는 그림이었다.

"죄송합니다만 허락할 수 없습니다."

"가야 합니다. 방열복을 내주세요. 안 된다면 그냥이라도 가게 해주세요."

"죄송합니다."

"소방서장님!"

"이봐, 여기 원장님 모셔! 지금 흥분하셔서 좀 쉬어야겠어!"

소방서장이 대원들에게 말했다. 혹시라도 불길 속으로 뛰어들까 내리는 사전 조치였다.

"들어가야 합니다! 내 목숨만큼 소중한 게 있다고요!"

윤도가 소리치는 사이, 누군가가 한의원으로 뛰었다. 한 사람도 아니고 둘이었다.

"막아! 위험해!"

현장 지휘관이 소리쳤다.

'아저씨?'

윤도의 눈이 무한 확장되었다. 화마가 일렁이는 마당으로 뛰어든 건 진경태와 종일이었다. 종일은 현판을 떼어 안전한 곳으로 옮겼다. 그런 다음 진경태를 따라 한의원으로 들어갔다.

"뭐 하나? 당장 구출하지 않고!"

소방서장의 명령이 떨어졌다.

"쿨럭!"

한의원으로 들어선 진경태는 기침부터 했다. 접수실 쪽은 연기와 열기로 가득했다. 벽을 더듬으며 방향을 가늠했다. 진경태는 알고 있었다. 윤도의 보물이 무엇인지.

'거울……'

쓰임새는 몰랐다. 그러나 윤도가 몹시 아낀다는 것만은 알고 있었다.

"건물이 쓰러집니다!"

현관으로 진입하는 소방관들에게 외침이 들려왔다. 불길에 휩싸인 옆 건물이 기울고 있었다. 일침한의원으로 무너지면 단숨에 불바다가 될 한의원.

"이봐요! 옆 건물이 무너져요! 빨리 나와요!"

소방관이 안에 대고 외치는 순간, 건물이 속절없이 붕괴되기 시작했다.

"원장님!"

안미란이 소리쳤다. 그 눈은 무너지는 건물에 고정되어 있었다. 건물, 한의원을 위협하던 옆 목조건물. 윤도 쪽으로 기울던 각도에 반전이 일어났다. 우지끈 하는 소음과 함께 반대

방향으로 주저앉은 것이다.

"천운이군. 불길 잡아!"

소방서장이 확성기로 외치자 무너진 건물로 물줄기가 집중되기 시작했다. 얼마나 지났을까? 한의원으로 들어간 진경태와 종일이 소방관들에게 이끌려 나왔다. 그들은 간절했지만 연기를 이길 수는 없었다. 그리고 또 한 사람의 소방관이 지옥의 불덩이와 연기를 뚫고 나왔다. 이번에는 옆 목조건물 쪽이었다. 그는 동료 소방관을 들쳐 메고 있었다.

"아저씨!"

윤도가 진경태에게 뛰었다. 한갓진 곳에 눕히고 응급 혈자리를 잡았다. 종일의 혈자리도 함께 잡았다.

"후아!"

"콜록콜록!"

진경태와 종일이 가쁜 숨을 몰아쉬었다.

"무슨 짓입니까? 미쳤어요?"

윤도가 다그쳤다.

"그러는 원장님은요? 우리가 안 들어갔으면 원장님이 들어갔을 거 아닙니까?"

"아저씨……."

"젠장, 원장실이 코앞이었는데… 더 견딜 수가 없었어요."

"아저씨……."

"종일이는요?"

"저기 옆에요."

대답은 안미란이 대신했다.

"아, 저 자식, 젊은 놈이 나보다 약해가지고……."

진경태의 핀잔에는 연기보다 진한 애정이 담겨 있었다.

촤아아!

물길이 잔불을 잡았다. 소방관들이 두 번의 확인을 끝내고서야 한의원 출입이 허락되었다. 한의원 안에는 아직도 연기가 가득했다. 열기도 사막처럼 후끈했다.

"원장님."

종일이 현판을 가져왔다. 그가 구한 현판이다.

"고마워."

윤도가 인사했다. 다행히 무사하지만 타버렸을 수도 있는 현판. 윤도는 종일을 당겨 등짝을 쓸어주었다.

"형!"

잠시 후에 윤철이 뛰어들었다. 어머니와 아버지도 함께였다.

"어휴, 뉴스 보고 가슴이 무너지는 줄 알았네."

어머니가 안도의 숨을 쓸어내렸다.

"다 무사하니까 돌아가세요. 정리 좀 해야겠어요."

"형, 정리는 내가 한다. 형은 좀 쉬어. 지진 현장에서 진 다빼고 왔을 거 아니야? 게다가 여기서는 또 얼마나 놀랐겠어."

윤철이 나섰다.

"됐다. 이게 너 혼자 할 일이냐?"

"이거 왜 이래? 나도 이런 건 형 도울 수 있다고. 야, 다들 들어와!"

윤철이 소리쳤다. 그러자 윤철의 친구와 후배 30여 명이 우르르 몰려들었다.

"윤철아!"

윤도가 놀라자 윤철이 잘라 말했다.

"가서 쉬라고. 나도 멋진 형한테 좋은 동생 한번 되어보게."

윤철과 친구들은 헌신적으로 노력 봉사했다. 외관을 정리하고 그을린 벽을 닦아냈다. 안에 들어찬 연기도 죄다 몰아냈다. 옆 건물의 붕괴로 인한 진동으로 엉망이 된 물건들도 제자리에 모셔놓았다.

숫자는 위대했다. 30여 명이 일사불란하게 움직이자 2~3시간 만에 원상 복구가 되었다. 그나마 불길이 닿지 않은 덕분이다.

"복구 끝! 원장님께 보고합니다!"

윤철이 거수경례를 하며 결과를 알려왔다. 친구들은 숯덩이가 되었지만 한의원은 말쑥해져 있었다.

"고생했다. 가서 친구들 밥 사 먹여. 제일 비싸고 좋은 걸로."

윤도가 카드를 내주었다.

"땡큐."

윤철이 카드를 받아 들었다.

"어때요? 피해는 없나요?"

약제실에 들러 상황을 점검했다.

"다행히 괜찮습니다만 연기가 밴 일부 약재는 전부 버려야 할 것 같습니다."

"약침액들은요?"

"그것들은 괜찮습니다. 밀봉 칸이라 연기가 들어가지 못했고 약병 안에 들어 있었으니까요."

"문제가 될 만한 것들은 아끼지 말고 버리세요. 환자들에게 영향을 미칠 수 있으니까요."

"알겠습니다."

진경태의 보고를 듣고 원장실로 돌아왔다. 매캐한 연기 냄새가 나지만 안은 무사했다. 신비경도 문제가 없어 보였다. 소중히 모셔두고 접수실로 나왔다. 정나현과 연재, 승주, 천영희 등은 집기에 밴 연기 냄새를 닦느라 정신이 없었다.

"이제 그만들 들어가세요. 그렇잖아도 피곤할 텐데……."

"그러는 원장님은요?"

승주는 어림없다는 표정을 지었다.

"배 샘은 예은이가 기다리잖아요?"

예은이는 연재의 아기 이름이다.

"이미 어머니께 SOS 쳐놨어요. 기꺼이 허락하신걸요."

"……."

윤도의 말문이 닫혔다. 한의원에 대한 애정이 강하기에 혼자 편한 길을 찾을 사람들이 아니었다. 리모컨을 닦은 승주가 접수실 텔레비전을 켰다.

"리모컨도 이상 없어요."

승주가 웃었다.

"뉴스 좀 틀어봐."

공기청정기 필터를 확인하던 정나현이 말했다. 승주가 채널을 바꾸었다. 화면에 남쪽의 지진 소식에 이어 윤도네 화재 사고가 나왔다.

[오늘 저녁 서울에서 발생한 화재는 불법 주차된 차량이 발화점인 것으로 밝혀졌습니다.]

현장의 기자가 사건 개요를 중계하기 시작했다.

[이 사고로 건물 네 채가 타고 인근의 차량 여섯 대가 전소했습니다. 한편 화재는 최근 국민적 관심사로 떠오른 일침한의원까지 덮칠 상황이었는데 한 소방대원의 목숨을 건 사투로 무사한 것으로 밝혀졌습니다.]

"소방대원?"

정나현이 고개를 들었다. 윤도도 그랬고 승주와 연재도 마찬가지였다.

[소방서 당국에 의하면 애당초 화재가 일어난 건물에서 어린이 두 명을 구하고 나온 진압대원이 진압 도끼로 목조건물의 서까래를 무너뜨려 붕괴 중심을 바꾸어놓았습니다. 그 덕분에 불길도 잡고 한의원으로 불이 번지는 것도 막았다고 합니다. 이 대원은 현재 중증 화상을 입고 병원에 후송된 것으로……]

"원장님."

승주가 윤도를 바라보았다. 윤도는 화면에서 눈을 떼지 못했다.

어쩐지…….

한의원 쪽으로 무너질 것 같던 목조건물. 이유 없이 방향이 바뀐 게 아니었다.

소방대원의 사투.

진압 도끼로 서까래를 찍어 붕괴되는 건물의 중심을 바꿔놓은 것이다.

누구일까?

악몽처럼 떨어지는 불덩어리 아래에서 목숨을 걸고 화마에 맞선 소방관.

설마…….

'구대홍?'

윤도의 손이 폭풍 경련을 일으키기 시작했다.

"화재 문제가 있으면 언제든 연락하십시오. 제가 해결해 드리
겠습니다."

지난번에 들은 말이다. 이곳 소방서로 발령이 났다며 찾아
와 씩씩하게 하던 말.
'설마……'
손의 경련이 다리로 내려갔다.
"원장님."
윤도의 얼굴을 본 승주가 하얗게 질렸다. 윤도는 부들거리
는 손으로 핸드폰을 꺼냈다. 옷깃에 걸리며 핸드폰을 놓쳤다.
그걸 줍는 동안에도 몸은 사시나무처럼 떨렸다.
'설마……'
겨우겨우 핸드폰을 눌렀다.
─감사합니다. 소방서입니다.
관할 소방서가 나왔다.
"여기는 아까 화재 현장의 한의원인데요, 방금 뉴스를 봤습
니다. 혹시 부상당한 대원 이름을 좀 알 수 있을까요?"
윤도가 묻는 동안 세 간호사는 숨도 쉬지 못했다. 잠시 후
그녀들의 시선이 바닥으로 떨어지는 핸드폰을 따라 함께 무너

져 내렸다.

소방관의 이름은 구대홍이었다. 윤도가 구해준 골암의 청년. 첫 화재 진압 현장에서 성공리에 임무를 수행했다며 뿌듯해하던 그 소방관. 그가 윤도의 한의원을 구하고 부상을 입은 것이다.

'젠장!'

윤도가 밖으로 뛰었다.

7. 화마(火魔)에의 선전포고

"아버님."

구대홍이 이송된 병원에 도착한 윤도의 눈에 장작 통닭 트럭이 들어왔다.

"선생님."

병원에서 나오던 구대홍의 아버지가 윤도를 보고 반색했다.

"아드님은요?"

"그게……."

아버지의 눈이 도로를 향했다. 거리에서 통닭을 굽다가 비보를 받고 달려온 그. 목장갑조차 벗지 못한 채였다.

"의사 네 명이 30여 분 동안 드레싱이라는 것만 해대더니 여기서는 힘들다고 방금 SS병원으로……."

그 목소리는 방전된 배터리처럼 힘이 없었다.

"알겠습니다."

윤도가 돌아섰다.

"선생님, SS병원으로 가실 겁니까?"

아버지가 뒤에서 물었다.

"네."

"저도 같이 갑니다."

구대홍의 아버지가 트럭으로 달렸다.

부우웅!

두 대의 차량이 앞서거니 뒤서거니 달렸다. 하얀 스포츠카와 통닭 트럭. 차의 외관은 달랐지만 안의 두 사람은 같은 마음이었다.

'SS병원…….'

좋지 않았다. 큰 병원으로 간다는 건 심각하다는 얘기. 그 병원에 아는 사람도 많건만 위로가 되지 않았다.

"이봐요, 거기."

SS병원에 파킹을 하자 관리원이 다가왔다. 목소리는 구대홍의 아버지를 겨누고 있었다.

"이 차 여기 대면 안 됩니다. 옮기세요."

나란히 주차했지만 통닭 트럭만을 문제 삼는 관리원이다.

"응급실에 실려 온 소방대원 부친입니다. 자리가 많은데 뭐가 문제입니까?"

윤도가 나섰다.

"예약 자리입니다. 그리고 냄새 나잖아요? 민원 들어옵니다."

"냄새?"

관리원의 태도에 윤도의 핏대가 확 솟구쳤다.

"지금 그게 문제입니까? 이분은 화재 진압하다가 부상을 입은 소방대원 부친이시라고요."

윤도가 각을 세우자 관리원의 목소리가 내려갔다.

"하지만 민원이……."

"알겠습니다. 제가 다른 데로 옮기죠."

기가 죽은 구대홍의 아버지가 키를 꺼내 들었다. 윤도가 그걸 막았다.

"아닙니다. 자리가 있는데 왜 다른 데로 옮깁니까?"

"선생님……."

"문제가 되면 제가 책임집니다. 아니, 이철중 부원장님께 항의하겠습니다. 이런 경우가 어디 있냐고."

"아이고, 그냥 가십시오. 요즘 민원이 까다로워서 그랬습니다."

부원장의 이름을 들은 관리원이 꼬리를 내렸다.

응급실로 뛰었다. 뒤에서 고함 소리가 들려왔다.

"이봐요!"

관리원이 또 딴죽을 거나 싶어 돌아보았다. 그런데…….

"채 선생, 아니, 채 원장님!"

목소리의 주인공은 이창승이었다. 갈매도 보건지소의 사수 의사 이창승. 제대하면서 이쪽으로 수련의 과정을 옮긴 모양이다.

"이 선생님."

"역시 내 눈썰미는 아직 안 죽었다니까? 뒷모습 보니까 딱 채 원장이잖아?"

창승의 얼굴이 활짝 펴졌다.

"여기로 오신 겁니까?"

가운을 보며 물었다. 왼쪽 주머니에 SS 마크가 선명했다.

"SS병원에 찍혔잖아. 하는 수 없이 옮겼지, 뭐."

"늦게나마 제대 축하드립니다."

"그거 빈정거리는 거지? 공로 제대한 사람이 말이야. 그나저나 역대급 한의사님이 우리 병원에는 왜? 오늘 협력 진료 있어?"

"그게 아니고 응급실에 좀… 오늘 화재 현장에서 다친 소방 대원이 여기로 실려 왔다고 해서요."

"아는 사람이야?"

"예, 제가 전에 암을 고쳐주었습니다."

"……!"

"응급실 입구가 어디죠?"

"따라와. 나도 조금 전에 진찰했어. 지금 화상클리닉 팀이 그쪽 병실로 옮기고 있을 거야."

이창승이 앞장섰다. 윤도는 구대홍의 아버지를 앞세우고 그 뒤를 따랐다.

"실장님, 이분은……."

이창승이 화상 스태프들에게 윤도를 소개했다. 화상클리닉 실장에 피부과장까지 비상 호출된 상황. 그 심각성을 알 것 같았다.

SS병원은 화상 특화 병원 중 하나였다. 1층에 화상클리닉이 있고, 화상 중환자 전용 입원실과 치료실, 성형외과, 미용성형센터와 재활의학과, 중앙수술실, 회복실, 입원실이 시스템을 이루며 배치되어 있었다. 윤도는 실장과 함께 침대 뒤를 따랐다.

"얘기 많이 들었습니다."

다행히 화상클리닉 실장도 윤도를 알고 있었다.

"환자 상태는 어떻습니까?"

"3도 화상 부위가 24%에 달합니다. 굉장히 심각하죠."

24%.

수치에 윤도의 입이 벌어졌다. 화상은 그 정도에 따라 1도, 2도, 3도, 4도 화상으로 구분한다. 1도 화상은 대개 피부 표피층에 국한된 화상이다. 표피가 비닐 모양으로 벗겨지게 되지만 자연 치유가 가능하다. 2도 화상은 구분이 필요하다. 표피층을 지나 진피유두층까지 내려간 경우 표층 2도 화상이라고 한다. 흉을 남기기는 하지만 2주 정도면 대개 치유가 된다. 그러나 심부 2도라면 얘기가 달라진다. 합병증의 위험이 있고 기능 장애를 줄 수 있는 흉터로 남을 가능성이 급격히 올라간다.

표피와 진피, 피하지방까지 손상이 온 3도 화상은 자연 재생이 불가능한 것으로 본다. 따라서 수술이 필요하다. 심한 경우에는 생명을 위협할 수도 있다. 4도 화상은 최악이다. 피하조직 아래의 뼈와 근육까지 손상을 입어 절단술과 피부 이식 수술, 조직편(플랩) 이식술이 필요한 경우를 말한다.

구대홍의 화상 부위는 무려 24%. 20%가 넘으면 중증으로 분류하니 초중증 화상이었다. 이때는 단계별로 치료 과정이 필요했다. 화상으로 인한 수액 치료 및 항생제 치료가 수반되며 화상 창상 치료 역시 함께 동반된다. 이후 손상된 피부를 제거하는 수술을 실시하며, 수술이 진행된 후에는 관련 재활 치료 및 화상 피부 케어가 필수적이다.

"그런데 문제는……."

수술실 앞에서 실장이 안경을 고쳐 쓰며 말을 이었다.

"흡입 화상으로 인한 부작용까지 최악이라는 겁니다."

"……!"

흡입 화상.

화재 사고나 프로판, LPG 폭발 등으로 인해 화상을 입은 경우를 화염 화상이라고 칭한다. 화염 화상의 경우 대부분 밀폐된 공간에서 일어나므로 고온 열기, 일산화탄소, 연소 물질 흡입으로 인한 흡입 화상이 함께 발생한다.

"유해 화학물이 폐포 깊숙이 침투해 기관지 수축이 심각합니다. 점막의 섬모 기능도 제 기능을 못해 폐부종이 왔고요. 심지어는 호흡부전도……."

'호흡부전!'

실장의 진단은 점점 더 파국으로 치닫고 있었다.

"집중 모니터링을 하고 있지만 수액 요법으로 어느 정도 버텨줄지……. 기도 폐쇄도 우려되고 있어 기관 절제술도 불가피한데 폐 외에도 간과 신장 등의 다발성 기능 부전 증후군과 패혈증마저 염려되는 상황입니다."

"……."

"게다가 환자는 무의식. 필요한 조치는 다 취해보겠지만 연기를 너무 많이 마신 데다 환부가 워낙 넓다 보니 솔직히……"

잠시 숨을 돌린 실장이 뒷말을 이었다.

"오늘 밤을 넘기기는 할지……"

"그 정도로 심각합니까?"

"이건 뭐 방열복을 입은 건지 안 입은 건지… 대체 불속에서 얼마나 오래 있었기에 이 모양인지 모르겠습니다."

실장이 고개를 저었다.

"죄송하지만 제가 좀 봐도 되겠습니까?"

"지금 굉장히 위험한 상태입니다."

"저 소방대원이 골암에 걸렸을 때 제가 완치시켰습니다. 그 보은인지 오늘 화재에서 저희 한의원을 구했습니다. 진압용 도끼로 불타는 옆집의 벽을 까서 무너지는 방향을 바꿔준 거죠. 저 모양이 된 화상의 원인입니다."

"……"

윤도의 말을 들은 실장은 귀를 의심했다. 그러나 윤도가 하도 진지하기에 반문조차 못하는 그였다.

"각별한 인연이라 이렇게 달려왔습니다."

"하지만 저희도 손쓰기 난감한 상황이라……"

"부탁합니다. 도움이 되는 방향이 있다면 돕고 싶습니다. 보호자께서도 동의하셨고요."

윤도가 구대홍의 아버지를 바라보았다.

"네."

그는 한마디로 윤도에게 힘을 실어주었다. 병원의 판단으로는 이미 저승역이 가까운 아들. 그가 윤도에게 기대는 건 선택의 여지가 없었다.

"알겠습니다. 워낙에 우리 병원과 협진도 많이 하시는 분이고 다방면에 명침 명의로 알려지셨으니… 한의학적 방법이 있나 찾아보시죠."

클리닉 실장의 허락이 떨어졌다.

"여기 한방 하시는 채윤도 선생, 다들 알지?"

단숨에 클리닉으로 들어선 실장이 스태프들을 향해 말했다. 구대홍에게는 혈청과 수액, 전해질 등이 주렁주렁 매달려 있었다. 화상의 범위가 체표 면적의 15~20%가 넘기 때문이다. 이렇게 되면 화상 부위에서 분비되는 물질들이 혈관에서 조직으로 빠져나가는 체액을 증가시킨다. 전신 부종이 생기는 코스이다. 반대로 순환 혈액량은 감소된다. 따라서 적절한 혈액순환을 위해서 초기에 상당량의 수액 공급이 필요하다. 비타민과 전해질의 보충 역시 필수였다.

에스카로토미(Escharotomy)를 실시하려던 스태프들이 일제히 고개를 들었다. 이는 피부 하부의 근육 조직 부종을 방지하기 위해 화상 입은 가피를 절개하는 것을 말한다.

"하지만 에데마가……."

스태프 하나가 구대홍을 바라보았다. 에데마는 부종. 척 봐도 시선을 돌리고 싶을 만큼 심각한 부종이었다.

"사고 소식 듣고 달려오셨다네. 환자하고 인연도 깊고… 진료 좀 하고 싶으시다니 응급처치 끝나면 잠깐 비켜 드려."

실장의 지시와 함께 닥터들이 하나둘 물러섰다.

"……!"

구대홍의 앞에 다가선 윤도는 할 말을 잃었다.

참담.

한마디로 말하면 그 단어였다.

환자의 주위가 뜨거웠다. 화재 현장의 화기가 아직도 빠지지 않은 것이다. 그러니까 구대홍은 아직도 불속에 있었다. 진압용 도끼를 들고 목조건물의 대들보 하나를 노리고 있었다. 이 건물이 윤도의 한의원 쪽으로 넘어가지 않게, 그가 한 약속을 지키기 위해 목숨을 걸고.

뜨거워!

뜨거워!

그의 오감이 몸부림을 쳤을 일.

그러나 구대홍은 본능이 내는 '뜨거워'라는 단어조차 망각하고 있었다.

퍽퍽!

화염 속의 도끼질이 눈에 선했다. 사방에서 불꽃이 쏟아지지만 그는 오직 도끼질을 할 뿐이었다.

물과 불, 바람…… 재해 앞에서는 무기력하기 짝이 없는 인간. 그럼에도 오직 보은의 일념 하나로 윤도의 한의원을 구한 구대홍.

몸은 엉망이었다. 인간의 존엄은 참담한 상처 속으로 사라졌다. 영화에서 본 오크가 이랬던가? 천형의 저주를 받은 돌연변이가 이랬던가?

극악의 피부 질환에 나무인간 증후군까지 임상 체험한 윤도였다. 그러나 화상을 입은 구대홍의 모습은 또 달랐다.

'구대홍 씨……'

그의 모습이 떠올랐다. 소방공무원 체력 시험장으로 가던 날, 임용된 후 윤도의 한의원을 찾아와 보여준 씩씩한 모습.

'안 돼.'

윤도가 고개를 저었다. 형태가 어떻게 변했을지언정 이 사람은 구대홍이었다. 골암이 회복되자 목숨으로 소방대원을 꿈꾸던 아름다운 청년. 다 낫지도 않은 몸을 이끌고 체력 검사에 도전한 불굴의 청년. 목숨이 위험한 걸 알고서도 윤도의 한의원을 지켜준 사람. 그 목숨의 한 올이라도 남아 있다면 결코 생의 종착역에 닿게 할 수 없었다.

'당신은 내가 살려요.'

윤도가 온몸으로 중얼거렸다. 도무지 길이 없을 것 같은 초중중 화상에의 선전포고였다.

화상 사이로 드러난 맨살 부위에 장침 하나를 넣었다. 맥을 짚는 자리였다. 윤도는 맨땅에 앉았다. 의사들이 놀랐지만 신경 쓰지 않았다. 장침의 끝에 손가락을 올려놓고 맥을 짚었다.

의사들은 어깨를 으쓱하거나 고개를 갸웃했다. 그들이 보기엔 주술 행위로 보였을지도 모른다. 하지만 그 '주술사'가 다름 아닌 윤도였다. 침 끝을 잡은 윤도는 자신을 비웠다. 빈 마음으로 구대홍의 상태를 빠르게 체크했다.

장기 손상.

있었다.

신장—비장—간장—폐—심장…….

오장의 손상이 빠르게 일어나고 있었다. 폭주였다. 맥은 난폭하면서도 위태로웠다. 실장의 말대로 이대로 두면 오늘 밤을 넘길 수 없었다. 빠르게 괴사되는 조직과 폭발적인 반응의 부종들. 목숨을 덮으려 달려드는 쓰나미 앞에 유일한 위로는 두 개였다.

—아직 죽지 않았다는 것.

—신경 말단이 붕괴되면서 당장은 통증이 줄어들었다는 것.

'구대홍 씨.'

윤도의 시선이 구대홍에게로 옮겨갔다.

'내가 왔습니다. 느껴요?'

순간 구대홍의 맥이 꿈틀 반응했다. 윤도가 온 걸 아는 걸까? 윤도는 그 반응을 따라 마음을 넣어주었다.

'걱정 말아요. 이제는 내가 당신의 소방관입니다. 내 모든 것을 걸고 당신을 구하러 갑니다.'

꿈틀.

또 한 번 침이 반응했다.

"실장님."

비로소 윤도가 화상클리닉 실장에게 돌아섰다.

"예."

"과연 어렵군요. 장기 손상과 더불어 급격한 부종. 오늘 밤을 넘기기 어려울 듯합니다."

"……"

"하지만 아직 완전히 끝난 건 아닙니다. 그렇죠?"

"그게……"

실장의 말꼬리가 무너졌다. 그의 판단 역시 포기 쪽이기 때문이다.

"이 환자 제게 맡겨주십시오. 실장님 혼자 결정하기 어렵다면 이철중 부원장님께 연락해 주세요. 보호자에게는 제가 동의를 받겠습니다."

"채 선생님."

"시간이 없습니다. 어차피 클리닉 선에서는 손을 놓은 거 아닙니까?"

돌직구가 날아왔다. 대한민국 최고 화상 치료 전문가의 한 사람인 SS병원 화상클리닉 실장. 그가 포기한 화상 환자에게 도전하려는 채윤도. 윤도의 소문을 들은 닥터들이지만 한결같이 할 말을 잃어버렸다.

"허락하신 걸로 알겠습니다."

윤도가 구대홍에게 돌아섰다. 전쟁의 시작이었다.

카오스.

무질서와 불규칙의 정수가 거기 있었다. 본시 중병으로 죽는 환자들은 오장의 기가 희미해진다. 더러 불규칙한 맥이 나오기도 하지만 그 또한 순간적일 뿐이다. 하지만 구대홍의 카오스는 달랐다. 몇 시간 전까지만 해도 건강하던 육체. 돌연 가해진 화마가 젊은 육체에 지옥을 안겨주고 있었다.

오장육부는 처절하다 못해 참혹했다. 맥은 지옥의 고통에 놀라 중구난방으로 뛰며 엇갈렸다.

"아저씨!"

시침을 하기 전에 진경태에게 전화를 걸었다.

―원장님.

"혼자만 들으세요. 약제실에 제가 관리하는 약침액 있죠?

그거 되는 대로 다 쓸어 오세요."

─예?

"시간이 없습니다. 다 쓸어서 SS병원 화상클리닉으로요."

윤도가 전화를 끊었다. 자세히 설명할 시간도 없었다.

장침을 뽑았다. 화상의 혈자리라면 외관혈과 축빈혈, 혈해혈 등이 꼽힌다. 폐를 위해 풍문혈과 폐수혈에도 시침을 할 수 있었다.

첫 침은 사관혈로 들어갔다. 손발은 그나마 온전한 편이었다. 마음이 급하기에 기본부터 지켰다.

'침착해, 침착해.'

자침을 하면서 마음을 정리하는 윤도였다. 두 번째 출격 점은 혈해혈이었다. 이 또한 엉망이 되어버린 기의 순환과 혈액 순행을 위한 조치였다.

'열……'

해열제와 진통제, 진정제 등이 들어가고 있음에도 구대홍의 몸은 불덩이였다. 열을 잡기 위해 활육문과 대거혈을 취했다. 사력을 다해 침을 감았다가 풀었다. 열은 잘 내려가지 않았다. 한 번 더 시도해도 변하지 않았다. 윤도가 고개를 들었다. 수액을 따라 들어가는 해열제와 진통제가 보였다.

"미안하지만 저것들 좀 잠가주시겠습니까?"

윤도가 홀로 남은 레지던트 홍태용에게 요청했다.

"선생님, 제 생각에는 로딩을 더 빨리 해야······."

로딩.

수액을 더 빨리 넣자는 말이다.

"혈청도 잠그세요."

윤도는 한 발 더 나갔다.

"선생님······."

"제가 잠글까요?"

윤도가 다그쳤다. 레지던트는 마른침을 넘기고 요청에 따랐다. 그사이에 윤도의 침은 삼초의 기를 다스렸다. 이어 중완혈과 양지혈을 뚫었다. 어떤 혈자리는 화상으로 다 녹아버렸지만 그 본연을 찾아 찌르는 윤도였다.

'후우.'

호흡을 가다듬고 은백혈을 찾았다. 은백혈은 극도의 열작용이 있을 때 해열에 명혈이 되는 혈자리다. 웬만하면 양지와 중완혈로 잡혔을 열이지만 여기까지 온 윤도였다. 은백혈 자리의 피부는 멋대로 뭉개져 있었다. 드레싱이 된 상처 위로 혈자리를 뚫었다. 위태롭게 점만 남은 혈자리에서 침감을 조절했다.

"······!"

다행히 혈자리가 침감을 받았다. 은백혈을 중심으로 해열작용이 시작되었다. 곡지혈에 침을 더하고 중부혈에도 한 방을 넣었다. 중부혈은 폐의 열을 다스리는 명혈인 까닭이다.

쉴 새도 없이 오장을 향해 출격했다. 한껏 사나워진 심장부터 달렸다.

심수혈과 거궐혈.

폐수혈(중부혈은 이미 꽂았으니 생략).

간수혈과 기문혈.

비수혈과 장문혈.

신수혈과 경문혈.

단숨에 수혈과 모혈을 꿴 윤도가 오장의 기혈을 제어하기 시작했다. 사나운 장부는 기세를 죽였고, 위태로운 장부에는 기혈을 더했다. 멋대로 날뛰던 장부들이 조금씩 진정되기 시작했다. 그러나 아직 멀었다. 그건 구대홍에게 연결된 현대 의학의 의료 기기들이 잘 보여주고 있었다. 바이탈 사인 또한 여전히 위험 수치 부근이었다.

"아르스미아(Arrhythmia)가 심해집니다. 디곡신과 라식스는 투여해야……."

레지던트가 울상을 지었다. 아르스미아는 부정맥이라는 용어이다. 그렇기에 강심제와 이뇨제를 넣자는 의견이었다.

"의견은 나중에 받겠습니다."

윤도도 부종을 생각하고 있었다. 전신적인 부종이었다. 나아가 심장성, 간성, 신장성이 동시에 일어나는 치명타였다. 그러나 나트륨을 제한하고 강심제와 이뇨제, 부신피질 호르몬 같은 것으로 잡기에는 한계치를 벗어난 상황이었다. 레지던트를 이해 못 하는 건 아니다. 그건 의사의 기본이었다. 죽음이 목전에 이른 환자지만 최후까지 보살피려 하니 좋은 의사가 분명했다.

그때 간호사가 들어왔다.

"진경태라는 분이 왔습니다."

"들여보내 주세요."

대답하는 순간에도 윤도는 침을 놓지 않았다. 저승에 가까워지는 초고속 열차를 붙잡고 있는 윤도. 손을 놓기만 하면 단숨에 멀어질 생명이었다.

"원장님."

진경태가 들어왔다. 멸균복 차림이었다. 치료실 안의 분위기를 본 진경태는 바로 얼어붙고 말았다.

"약은요?"

윤도가 물었다.

"여기······."

진경태가 영약과 약침액을 담은 트레이를 내놓았다. 윤도가 시선을 돌렸다. 순초가 보이고 웅황, 당호와 문요어, 백야와 굴거 등이 보였다. 뭘 쓸까 생각할 때 쓰러진 병 하나가 보였다. 무심코 세워보던 윤도의 눈에 약제 이름이 보였다.

'육(鯥)?'

육.

병을 보니 산해경의 영약이다. 국산 약침과는 색이 다른 병으로 관리하는 까닭이다. 마음이 급하니 생각이 나지 않았다. 황급히 생각을 더듬었다. 그러다 남산경이라는 출처를 보고서야 정체가 떠올랐다.

'저산……'

이 산도, 그 산도 아니고 저산에서 가져온 영약이었다. 겨울에는 죽었다가 여름이 오면 살아나는 신비한 생명체. 바로 이유 없는 말단 부종을 치료하기 위해 찾아 쓰고 남은 영약이다.

"열어주세요."

윤도가 말했다. 그 손은 이미 장침을 잡고 있었다. 진경태가 약침액을 따자 윤도가 침 끝을 넣었다. 약침은 전중혈로 들어갔다. 전중혈은 오장의 기를 컨트롤한다. 특별히 심장 쪽으로 심혈을 기울였다. 그러나 침감이 반항했다. 엉클어진 기가 길을 막는 것이다. 별수 없이 중완혈을 잡았다. 거기서 상체로 기를 밀자 전중혈의 약침액이 퍼지기 시작했다. 두 방을 더 넣어 삼각 대형을 이루었다. 약침은 상초와 중초, 하초로 퍼져갔다. 그러나 속도는 굼벵이가 기어가듯 느리고 또 느렸다.

'제발……'

기해혈에도 한 방이 들어갔다. 원기로서 화기를 밀어내려는 생각이다. 곡지와 척택혈에도 장침을 보탰다. 이는 극심한 대상포진에 쓰던 시침법이다.

"하아."

지켜보는 진경태는 숨이 막혔다. 그로서도 난생처음 보는 사투였다. 오직 침 하나로 맞서는 최악의 응급상황. 예전 자신의 움막에서 허리를 고쳐주던 윤도가 떠올랐다. 그때처럼 윤도는 주저함도 포기도 없었다.

한 시간, 두 시간…….

시간이 흘러갔다. 의료 기기들의 수치는 크게 변하지 않았다. 고개를 젓던 레지던트의 시선이 골똘해졌다.

상황이 크게 변하지 않았다?

그 단어가 그의 뇌리에 천둥을 쳤다. 이건 비관이 아니었다. 그들의 판단대로라면 지금쯤 사망하거나 죽음의 직전까지 가야 했을 환자. 그런데 몇 시간 전과 비슷한 상황에서 멈춰 있지 않은가? 게다가 지금 환자는 수액을 제외한 모든 투약과 처치가 중지된 상태였다.

'허……'

레지던트는 아찔했다. 이건 절망이 아니었다.

그렇지만 윤도의 뇌리에는 아직 불이 켜지지 않았다. 몇 시간의 사투에도 현격한 차도가 없는 구대흥. 이제 산해경 영약까지 넣었지만 의미 있는 변화는 보이지 않았다.

'채윤도……'

잠시 생각을 가다듬었다. 극렬한 화상으로 인해 참담한 상처들. 그러나 죽은 사람도 살린 윤도였다.

'그렇다면 나는?'

이 상처에 현혹된 걸까? 처참한 상처 때문에 허둥지둥 방향을 잃고 있는 걸까? 만약 외상이 없다면 어떻게 했을까? 서두르던 손을 잠시 쉬었다. 그 눈에 의사의 명찰이 들어왔다.

홍태용.

레지던트의 이름이다. 홍태용을 보니 홍대용이 생각났다. 의산문답을 쓴 조선시대 사람이다. 그는 일찍이 지구가 생물이라는 생각을 갖고 있었다. 가이아 이론과 같은 궤였다.

―지구는 활물(活物)이다.

그의 주장이다. 활물은 곧 살아 있는 생물을 뜻한다. 흙은 지구의 살이오, 물은 피, 비와 이슬은 눈물이자 땀이고, 풀과 나무는 지구의 모발이라고 했다. 다만 짐승과 사람은 이와 벼룩에 비했다. 지구가 생명체라면 분별없이 건설된 도시는 피부 질환에 비할 수 있었다. 그 피부병을 스스로 치유하기 위해 지진을 일으키고 화산을 폭발시키며 태풍과 쓰나미를 일으킨다는 주장도 있었다.

그렇다면 구대홍. 저 지구에 발생한 돌연한 화상. 지구라면 바닷물을 뒤집거나 폭우를 내려 상처를 씻으려 할까? 정말 지구가 생명체라면 그러지 못할 이유가 없을 것 같았다.

'이독제독?'

긴 생각 끝에 윤도가 그 결론을 잡았다.

장침으로도 수그러들지 않는 구대홍의 화기. 그렇다면 이 화기는 화기로서 다스리는 게 답일 것 같았다.

'후우.'

다시 호흡을 가다듬었다. 그리고 해열을 위해 넣어둔 침을 거꾸로 감기 시작했다. 열을 내리는 게 아니라 올리는 것이다. 그중에서도 폐수혈과 중부혈이었다.

'구대홍 씨……'

마지막 사투를 벌이기 전에 환자를 바라보았다.

'나 믿죠?'

"……"

'그렇다고 말해줘요.'

"……"

'말 안 해도 소용없어요. 우린 이 길을 가야 해요.'

"……"

'시작할게요. 어쩌면 좀 힘들지도 몰라요. 하지만 당신은 이미 극한을 넘어봤죠? 우리 한의원을 구하기 위해 불덩이를 뒤집어쓰는 동안 말이에요.'

"……."

'어쩌면 그 고통이 한 번 더 올지도 몰라요. 부탁하는데, 그것만 넘겨줘요.'

순간 거짓말처럼 신호가 왔다. 중부혈에 꽂힌 장침이다. 느닷없이 티잉 하고 짧은 울림이 온 것이다.

"……!"

숨이 멈출 것 같았다. 아까도 그랬다. 그렇다면 구대홍은 윤도를 믿고 기대고 있었다. 신뢰라고 생각한 윤도가 벼락처럼 침을 돌렸다.

후끈!

구대홍의 몸이 반응했다. 이마와 겨드랑이에서 땀이 흘러내렸다.

"원장님……."

땀을 본 진경태가 입을 열었지만 뒷말은 하지 않았다. 환자와 함께 불타는 윤도를 본 까닭이다.

'가라, 가!'

윤도는 미친 듯이 화침을 쏟아부었다. 혈자리로 할 수 있는 최대한의 열작용이었다.

"선생님."

보다 못한 레지던트가 입을 열었지만 진경태가 막았다. 어차피 이 안의 운명은 윤도가 쥐고 있었다.

후웅!

구대홍의 얼굴에 붉은빛이 돌았다. 체온 상승의 극한이었다. 동시에 바이탈 사인들도 미친 듯이 빽빽거리며 이상을 가리켰다.

10.

활화산 같은 체온 상승을 이룬 윤도가 카운트다운을 했다.

9.

이제는 윤도도 땀범벅이었다.

8.

손에서 나는 땀이 침 끝에 떨어졌다.

7.

삑, 삐이.

이제는 의료 장비들도 비명을 질렀다.

6.

5.

4……

마침내 수액까지 환자의 열기가 전도되었을 때, 침감을 조절하던 장침을 뽑아버렸다.

삐이…….

동시에 바이탈 사인과 의료 장비들의 디지털 사인이 꺼졌다.

"운명… 한 것 같습니다."

지켜보던 레지던트가 고개를 떨구었다. 하지만 체념한 건 닥터 혼자였다. 진경태는 윤도에게서 눈을 떼지 않았다. 그는 채윤도였다. 이렇게 허무하게 환자를 보낼 리가 없었다.

윤도의 시선은 구대홍에게 있었다. 사우나에서 갓 나온 듯 피부 전체에서 김이 모락거리는 환자. 냉혹하게 발바닥 용천혈에 장침을 넣고 머리의 백회혈을 잡았다. 발바닥은 방열화 때문에 무사했다. 머리의 백회혈도 방열모 때문에 쉽게 혈자리를 잡을 수 있었다. 뜨끈한 머리 안으로 침을 넣었다.

'깨어라!'

윤도의 명령이다. 인간 구대홍이 아니라 장침을 받드는 혈자리에 대한 지상명령. 윤도의 명령이 혈자리를 타고 내려가기 시작했다. 반대로 발바닥 용천혈의 명령은 위를 향해 올라왔다.

두 명령은 서로 다른 궤를 그리며 혈맥을 타고 돌았다. 백회혈은 음맥의 바다 임맥을 호령했고, 용천혈은 양맥의 바다 독맥을 호령했다. 세 번 일주한 두 혈이 중초 부근에서 만났다. 단전이다.

삐익!

다시 의료 장비가 불협화음을 내질렀다.

"......?"

그걸 바라본 레지던트의 눈이 파르르 떨렸다. 환자의 상태가 가파르게 좋아지고 있었다.

"원장님!"

진경태가 소리쳤다. 그러나 윤도는 무아지경으로 구대홍 앞에 있었다. 부종이 빠지고 있었다. 이제야 윤도의 장침들이 약발을 받고 있었다. 내부의 카오스는 잡았다. 지옥행 초고속 열차를 세운 것이다.

끼익!

급제동 소리가 아름다웠다.

8. 극적 회생

화상.

그것도 목숨을 위협할 정도의 화상.

구대홍의 환부는 넓었다. 목조건물이 무너지며 무수한 파편의 불똥을 맞았다. 방열복이 한계에 달하면서 열기가 밀려들었다. 목과 볼 쪽도 무사하지 못했다.

당장은 목숨이었다. 그러나 회복이 된다면 그다음은 흉터였다. 인간의 품격을 유지해야 했다.

"홍 선생님."

윤도가 레지던트를 불렀다.

"예."

넋을 놓고 있던 레지던트가 휘적휘적 다가왔다.

"이 환자, 위기를 넘기면 어떤 치료 과정을 밟죠?"

"피부 이식을 해야 합니다. 하지만 환부가 너무 넓어
서……."

"환부만 문제입니까?"

"부작용도 만만치 않을 걸로 봅니다. 특히나 관절 부위의
화상은 수술을 해도 다시 벌어질 우려가 있고요."

"다른 방법은 없나요?"

"다른 방법이라면?"

"피부 이식 외의 치료법 말입니다."

"피부줄기세포법이 있기는 하지만 아직……."

"피부줄기세포법?"

"기존의 방식대로 정상 피부를 이식하는 게 아니라 줄기세
포를 뿌리는 방식입니다. 환부의 감염도 방지되고 치료 기간
을 단기간으로 줄일 수 있지요. 보통 화상에 의한 피부 재생
이 몇 달씩 걸리는 것에 비해 5~6일이면 새로운 피부가 재생
되는……."

"흉터는요?"

"이식이 아니라서 흉터의 부작용도 최소화되는 것으로 알
고 있습니다."

"그럼 그걸 좀 처치해 줄 수 있습니까? 기혈은 제가 불어넣어 기간을 더 당겨보겠습니다."

"죄송합니다. 그게 우리가 가지고 있는 건 샘플 약 수준이라……."

"샘플 약?"

"아직 상용화되지 않았거든요. 우리 실장님이 미국에서 연수 받고 구해오셨는데 지난번 요양병원 화재 때 환자의 안면 부위에 쓰고 남은 게 거의 없습니다."

"효과는요?"

"5~6일까지는 아니어도 기존 방법보다는 우월한 것 같았습니다."

"미량이 남았다고요?"

"손가락이나 발가락 등의 국소적인 상처라면 몰라도 이 환자의 경우에는 턱도 없습니다."

"그걸 좀 갖다 주십시오."

"선생님, 그 스킨 머신은 환자의 피부를 미량 떼어내 초고속 배양을 해야 합니다. 시간은 한 시간 남짓이면 되지만 현재 남은 배양액으로는……."

"시간이 없습니다. 제가 실장님께 직접 말씀드릴까요?"

"아, 아닙니다."

레지던트가 손사래를 쳤다. 그는 이미 실장의 지시를 받고 있었다. 실장에게 떨어진 부원장 이철중의 특명 때문이다.

―닥치고 전력 지원.

이철중의 한마디였다.

10여 분 후에 레지던트가 샘플을 가져왔다. 배양액은 정말 한 방울 정도 남아 있었다. 그러나 비관적인 건 아니었다. 약침으로 쓴다면 몇 번이고 사용이 가능한 양이었다.

'봉독요법.'

윤도는 한방의 관점에서 이해했다. 봉독요법이라는 게 그랬다. 그 또한 세포 증식 및 세포 활성을 위한 침술이었다. 피부 진피 층을 자극해 콜라겐 형성을 돕는 원리였다.

'피부는 폐, 살은 비장……'

배양액을 묻힌 후에 폐수혈 자리를 찔렀다. 침감을 조절하며 반응을 살폈다. 아무 반응도 오지 않았다. 윤도 귓전에 레지던트의 말이 스쳐 갔다.

―한 시간 남짓.

세포 활성이 일어나는 시간이다. 콜라겐 형성을 자극하는 시간이기도 했다. 한 시간은 길고 또 길었다. 윤도가 아니라 구대홍 쪽이다. 그러다 40분 정도 경과했을 때, 윤도의 눈에 들어온 수포들이 시들기 시작했다.

"원장님."

진경태도 반응했다. 마침내 반응하는 약침이었다. 다섯 개의 약침이 전격 출격했다. 폐의 수혈과 모혈, 비장의 모혈과 수혈이었다. 나머지 하나는 어디일까?

'백회혈?'

진경태의 짐작은 머리에 있었다. 하지만 윤도의 침은 발의 족태음비경 은백혈로 들어갔다. 피부 깊숙이 침투한 화상. 그 살덩어리를 관장하는 게 비장이기에 그랬고, 은백혈 또한 백회혈이나 용천혈 못지않은 회생혈인 까닭이다.

"으음……."

구대홍의 입에서 첫 신음이 나왔다. 지옥역 앞에서 돌아서는 신호였다. 놀란 레지던트가 격하게 반응하자 윤도가 막았다.

이제 윤도의 침은 환부 자체를 노렸다. 상처가 심한 환부의 아시혈을 중심으로 빼곡하게 장침을 박은 것이다. 산해경의 영약에 더불어 양방의 줄기세포 배양액, 신침 장침까지 총동원하는 윤도였다.

한 시간, 두 시간…….

시간이 경과되면서 환부가 변하기 시작했다. 차마 눈 뜨고 못 볼 처참한 상처들이 눈에 띄게 가라앉았다. 작은 화상은 주변이 아물면서 뚜렷한 회복세를 보였다. 일반적인 화상 환자라면 치료 2주 차에나 볼 수 있는 상황이었다.

"으음……."

은백혈에 자극을 더하자 신음 소리가 커졌다. 그리고 마침내 구대홍이 눈을 떴다.

"원장님!"

다시 진경태가 외쳤다.

"구대홍 씨."

윤도는 시침 자세로 입을 열었다. 냉혹할 정도로 담담한 목소리였다.

"내 목소리 들리죠? 나 채윤도입니다."

"……"

"아무 생각 말고 편하게 있으세요. 이제 구대홍 씨는 화마에게서 해방되었습니다."

"……"

"하지만 갈 길이 좀 멀어요. 보아하니 공무 중 부상이라 잘릴 것도 아니니 참을 수 있죠?"

"……"

"이번만입니다. 다음부터는 이렇게 일하면 안 돼요. 사람 목숨도 아닌 일에 목숨 걸지 마세요."

"……"

"고맙다는 말은 나중에 할 테니 편하게 쉬어요. 아버지도 밖에 와계십니다. 빨리 나아서 아버지 장작 통닭으로 치맥 한 잔 때리자고요."

마지막 말에 구대홍이 반응했다. 그의 입꼬리가 살포시 위를 향한 것이다.

아침.

어쩌면 다시는 올 것 같지 않던 그 아침이 왔다. 커튼 밖으로 햇살이 찰랑거릴 때도 윤도는 시침 중이었다. 그 햇살이 병원의 중천에 걸릴 때도 그랬다. 그동안 먹은 건 물 몇 잔. 그야말로 초인적인 사투였다.

위대한 대장정은 저녁 무렵에야 끝이 났다. 다른 장부와 조화를 이루어 폐와 비장을 지원하던 침술이 끝난 것이다.

윤도가 침에서 손을 떼었을 때 구대홍의 바이탈 사인은 거의 정상이었다. 목숨을 위협하던 전방위 부전도 흔적뿐이었다. 광범위하던 화상 또한 거의 절반 이상이나 줄어들었다. 그야말로 신의 손길이 스쳐 간 듯한 치유였다.

"구대홍 씨."

손을 놓은 윤도가 구대홍의 귓전에 속삭였다. 구대홍은 그때까지 잠들어 있었다.

"이제 됐어요. 이제 내가 좀 쉬어야겠네요."

윤도가 일어서려 할 때였다. 눈을 감은 구대홍의 입술이 거짓말처럼 움직였다.

"역시 선생님……"

느리지만 또렷했다.

"……!"

병실 안의 세 남자가 소스라쳤다. 처음으로 말을 하는 구대
홍이었다.

"푹 잤어요?"

"네……."

구대홍이 대답했다. 눈은 여전히 감고 있었다.

"아까만큼 뜨겁지 않죠?"

"네."

"고마워요. 달리 할 말이 없네요."

"아뇨. 저는 사실 겁나지 않았어요."

"예?"

"불덩이가 쏟아지고 몸이 용광로처럼 끓어도… 선생님 생각
을 하면 두렵지 않았어요. 선생님이 저를 살려주실 걸 믿었기
에……."

"구대홍 씨……."

"저, 선생님 많이 힘들게 하지 않았죠?"

"그럼요. 너무 잘 버텨줘서 하나도 힘들지 않았어요."

"고맙습니다. 아버지께 잘 말씀드려 주세요. 선생님 말이라
면 다 믿는 분이니까요."

"그래요."

그나마 멀쩡한 팔뚝 부위를 두드려 주고 일어설 때였다. 윤
도는 병원이 뒤집혀지는 듯 아찔한 현기증을 느꼈다. 탈진이
었다.

"원장님!"

놀란 진경태가 윤도를 부축했다.

"쉿, 환자가 놀라요."

윤도가 속삭였다.

"환자에게 기본 처치를 부탁합니다. 좀 쉬고 와서 계속할게
요."

윤도가 레지던트에게 말했다. 레지던트는 와들거리는 몸을
간신히 가누었다. 24시간 수술. 그런 기록이 없는 것은 아니
었다. 아니, 그보다 더 긴 수술도 많았다.

하지만 이건 여느 수술과는 달랐다. 윤도가 쓴 의료 장비
는 침 하나. 그 침으로 이룬 현실을 두 눈으로 보고도 믿기지
않았다. 이건 수술이 아니었다. 침술도 아니었다. 의술의 궁
극을 보여주는 위대함이었다. 처참하게 짓이겨진 화상 환자의
목숨을 침 하나로 기워 마침내 회복세로 돌려놓은 것.

'아아……'

레지던트는 윤도보다 더 맹렬한 현기증을 참지 못해 주저앉
고 말았다.

"나옵니다."

클리닉 앞에는 많은 사람들이 있었다. 부원장 이철중도 있고 이창승도 있었다. 화상 실장에 더불어 피부과장과 호흡기 내과과장도 보였다. 퇴근 시간 이후라 그런지 안미란과 승주 등도 보였고, 그 뒤로는 성수혁 기자도 보였다.

"채 선생님."

이철중이 대표로 입을 열었다. 그들은 레지던트의 문자 보고를 받고 있었다. 간간이 사진도 첨부되었다. 그러나 들어가지는 않았다. 윤도의 치료에 방해가 될까 봐 내려진 이철중의 엄명이었다.

"결국 해내셨군요."

이철중은 감격을 참지 못했다.

"부원장님 덕분에……."

"내가 뭘요. 우리가 못한 걸 결국 또 채 선생이 해낸 겁니다."

"아닙니다. SS병원의 시설과 지원이 아니었다면 저도 해내지 못했을 겁니다. 특히 그 줄기세포 용액……."

윤도가 실장을 바라보았다. 실장은 고갯짓으로 답했다. 사실은 그도 기대하지 못한 결과였다. 그렇기에 면목이 없는 실장이다.

"채 선생……."

틈새의 창승도 눈시울이 붉어져 있었다.

"뭡니까, 사수답지 않게?"

"그까짓 사수. 그때 내가 운이 좋았지. 명의 채윤도의 사수였다니……. 공보의로 가기가 죽도록 싫었지만 채 선생을 만나는 바람에 최고의 보람이 되었잖아."

"오늘도 뒤에서 많이 애써주신 거 다 압니다."

"몸은?"

"대충……."

고개를 돌리는 윤도의 눈에 엄청난 꽃다발이 보였다. 복도를 따라 놓인 꽃의 행렬은 클리닉 밖으로 끝없이 이어지고 있었다. 나중에 들었는데 보도 때문이었다. 성수혁의 기사였다. 소방대원의 숭고한 천직 의식에 더불어 윤도와 엮인 아름다운 사연. 지방에서 지진 이재민을 돕고 와서 기진맥진했지만 현대 의학이 포기한 소방대원을 살리기 위해 홀로 사투를 벌인 명침 명의 채윤도.

그 기사가 나가자 전국이 들끓었다. 이웃 나라 일본과 중국, 미국에서도 꽃이 답지했다. 그곳에서도 윤도의 소식을 접했으니 윤도로 인해 새 삶을 찾은 사람들의 응원이었다.

신침 채윤도, 우리는 당신을 믿습니다.

구대홍 소방관을 꼭 살려주세요.

채윤도 파이팅! 구대홍 파이팅!

채윤도 한의사님, 다시 한번 기적을 일으켜 주세요.

벽에 빼곡하게 붙은 포스트잇이 보였다. 너무 고운 마음들이 알록달록 붙어 있어 그 또한 꽃으로 보였다.

"아저씨, 저 좀 저분에게 데려다 주세요. 저분 아시죠?"

윤도가 진경태를 재촉해 걸었다. 뒷줄에 선 구대홍의 아버지 쪽이다.

"선생님……."

구대홍의 아버지는 소리 없이 경련하고 있었다.

"아드님은 살았습니다."

"우워억!"

윤도의 말을 듣기 무섭게 그의 입에서 야수의 신음이 나왔다. 의사들을 통해 병실 안의 상황을 전달 받은 그였다. 하지만 그는 오직 윤도가 나오기만을 기다렸다. 윤도의 말을 들어야만 안심할 수 있었다. 그렇기에 그 말을 들은 지금 통곡을 토하고도 남을 정도였다.

"울지 마세요. 아드님이 듣습니다. 지금 깨어 있거든요."

"고맙습니다. 고맙습니다!"

"와아아!"

짝짝짝!

구대홍의 아버지가 윤도의 품에 안길 때 복도 쪽에서 박수와 함성이 작렬했다. 윤도와 구대홍을 응원하던 시민들이다. 윤도는 그 박수를 들으며 까무룩 기울었다.

"원장님!"

"선생님!"

사람들의 외침이 박수와 함께 어지럽게 섞이고 있었다.

불이야!

윤도가 외쳤다. 불이었다. 한의원에 불길이 치솟았다. 윤도는 원장실에 갇히고 말았다. 몸부림을 치지만 문은 열리지 않았다. 안으로 들어온 연기가 폐포를 찔렀다.

콜록콜록!

목이 터질 것만 같았다. 연기는 몬스터가 되었다. 끔찍한 몬스터가 훌쩍 다가섰다. 지옥이 다가오는 것만 같았다. 몬스터가 윤도의 목을 조였다. 기관지가 폭발할 정도로 아팠다. 이대로 죽나 싶을 때 도끼 하나가 몬스터의 손을 찍었다. 하지만 빗나갔다. 도끼에 찍힌 건 윤도의 손이었다. 장침을 놓는 손이었다. 손목에서 잘린 손이 바닥에 떨어져 꿈틀거렸다. 혈관에서 피가 분수처럼 솟았다. 하필이면 그 피가 윤도 얼굴을 적셨다. 얼굴을 거울에 비췄다. 아무것도 보이지 않았다. 얼굴 자체가 날아가 버린 것이다.

으헉!

놀란 윤도가 잠에서 깨었다.

"선생님."

목소리가 들렸다. 여자 목소리였다. 시선을 가다듬자 부용이 망막에 들어왔다.

"부용 씨……."

"괜찮아요?"

묻는 윤도의 귀에 더 많은 목소리가 들어왔다.

"선생님, 우리도 왔어요."

장현서였다. 이가인이었다. 해피 프레지던트 멤버들도 있고 미우도 있었다. 한 번쯤 윤도의 긴요한 치료를 받은 연예인들이 총출동했다.

"형."

그 뒤에서 윤철이 어머니와 함께 손을 흔들었다.

"어머니……."

윤도가 몸을 일으켰다.

"더 주무시지……."

귀에 들린 건 진경태의 목소리였다. 그는 문을 지키고 있었다. 시계를 보니 한낮이다. 설마 하루를 넘게 잔 걸까?

"고작 네 시간을 자고 일어나시는군. 푹 좀 주무시지……."

이철중이 들어섰다. 클리닉 실장과 함께였다.

"환자는요?"

"물어볼 거 뭐 있나? 그 성격에 당장 달려갈 것 같은데?"

이철중이 웃었다. 윤도가 일어서자 박연하가 쪼르르 다가와 가운을 건네주었다.

"고마워요."

"뭘요. 선생님 최고."

연하가 엄지를 세워 보였다. 부러질 듯 힘이 들어간 엄지였다.

"와아!"

복도로 나오자 함성이 들렸다. 이번에도 복도 끝이었다. 여학생들을 비롯해 수십 명의 시민이 아직 남아 있었다. 심지어 이 병원에 입원한 환자들도 있었다.

"채윤도! 채윤도!"

그들이 윤도를 연호했다. 머쓱하지만 손을 들어 답했다. 무리 중에서 두 어린이가 손나팔로 윤도를 불렀다.

"채윤도 선생님, 소방관 아저씨를 꼭 살려주세요!"

둘은 목이 터져라 외쳤다. 화마 속에서 구대홍이 구한 아이들이다. 그 은혜를 잊지 않고 달려와 응원하는 모습이 보기 좋았다. 얼핏 내다본 창밖으로도 꽃의 행렬이 보였다. 그야말로 산더미였다. 취재진이 따라붙었다.

"겨우 눈 붙이고 다시 진료 가시는 중입니다."

진경태와 수련의 둘이 그들을 막았다.

구대홍은 다른 병실로 옮겨졌다. 그 앞에는 소방대원 대여섯 명이 나와 있었다. 윤도를 알아보고 단체로 거수경례를 해왔다.

"수고하셨습니다."

한 소방관은 오래 손을 내리지 않았다. 구대홍을 업고 나온 소방관이다. 도열한 소방관들의 눈빛에 동료애가 가득했다. 비번임에도 구대홍을 염려해 달려온 사람들. 그 모습이 아름다워 콧날이 시큰해 왔다.

"구대홍 씨는 다시 여러분 곁으로 돌아올 겁니다. 걱정하지 마세요."

윤도가 답했다.

"와아아!"

소방관들이 주먹을 불끈 쥐며 윤도를 응원했다.

스릉!

병실 자동문이 열렸다. 구대홍을 돌보던 레지던트가 고개를 들었다. 옆에 있던 구대홍의 아버지도 윤도를 보고 허리를 접었다.

"대홍 씨."

긴장한 윤도의 망막이 풀렸다. 구대홍은 깨어 있었다.

"선생님……."

"기분 어때요?"

"죽이는데요?"

구대홍이 웃었다. 아직 비참한 몰골이지만 어제에 비하면 천국 같은 모습이다.

"이제 제가 맡겠습니다."

윤도가 레지던트와 교대했다. 숨을 고르고 맥을 잡았다. 오장의 부조화는 많이 잡혔다. 뒤죽박죽이던 오장의 맥이 비교적 나란해진 것이다. 열도 미열에 불과했다. 그러나 비장과 폐는 다소 부조화의 기미가 보였다. 위기를 넘겼다지만 화상이 다 나은 건 아닌 까닭이다.

"그거 알아요? 대홍 씨가 구한 아이들이 와 있다는 거?"

대홍에게 희소식을 전해주었다.

"아버지에게 들었어요. 저거도……"

대홍이 작은 탁자를 가리켰다. 거기 놓인 건 로봇 피규어였다.

"그 애들이 가장 좋아하는 거라네요. 제게 힘이 되라고 보내줬어요."

"좋네요. 그럼 빨리 나아서 다시 천직으로 돌아가야죠?"

"그러면 좋죠."

"그럼 한번 달려볼까요?"

윤도가 장침을 뽑았다.

이제는 한결 여유가 있는 시침이다. 손발의 사관혈부터 열었다. 우주의 기를 구대홍의 몸 안으로 당겨주었다. 그 기가 인체를 두 바퀴쯤 운행하며 준비운동을 끝내자 원기의 바다 기해혈에서 기의 폭풍을 일으켜 남은 화기(火氣)를 밀어냈다.

한 바퀴, 두 바퀴, 세 바퀴.

천지인에 해당하는 순환이 끝난 후에야 본격 치료 침이 들어갔다. 윤도가 침을 감고 풀 때마다 상처 부위의 세포들이 활성화되었다. 부드러운 기의 파도는 진피 층을 어루만져 손상된 세포를 복원하고 재생을 도왔다. 조금 큰 흉터 쪽에는 호침과 세침을 동원했다.

아시혈을 잡아 주변에 나란히 호침을 찌른 것. 그 간격은 1㎝로 줄을 맞췄다. 보기에는 살짝 찌르는 침. 그러나 상처를 진정시키고 독을 밀어내는 한편 기혈의 순환을 도우며 열을 방출하는 침이었으니 세포 활성에 시너지가 되었다.

잠시 숨을 돌린 후에 중완혈과 축빈혈에 약침을 넣었다. 피부 상처로 몸 안에 생기는 독소 배출과 세균 방지의 시침이었다. 화룡점정은 삼음교혈에서 찍었다. 약침을 넣어 화상의 부산물을 말끔히 정리하도록 한 것이다.

26분.

기혈이 음맥과 양맥을 돌아 나오는 시간은 윤도가 정했다. 침감으로 속도 조절을 했으니 1초도 틀리지 않게 윤도의 뜻대로 되었다.

땡!

타이머가 울렸다. 윤도는 타이머를 끄지 않았다. 그의 눈은 구대홍의 화상에 있었다. 멈춘 것 같지만 끝난 시침이 아니었다.

"선생님."

레지던트가 타이머를 가리켰지만 윤도는 반응하지 않았다. 윤도가 기다리는 것, 그건 상처의 반응이었다. 완전한 무아지경. 어쩌면 그 자신이 구대홍의 피부가 되어버린 윤도였다.

미세하고 치밀하게…….

윤도 손끝에 걸려오는 기혈의 반응들. 기해혈의 힘을 견우혈에 보냈다. 표층의 피부 트러블에도 탁월한 견우혈. 이제 그가 주연으로 나설 차례였다.

'부탁한다.'

백회혈만이 만병통치가 아니었다. 용천혈만이 기사회생의 혈이 아니었다. 인체의 많은 혈자리는 무엇 하나 버릴 수 없었다. 각각의 위치에서 각각의 임무를 부여받았으니 견우혈 또한 주인공이 될 자격이 있었다. 그가 바로 피부 치료에 명혈인 까닭이다.

후웅우웅!

견우혈에 서광이 모였다. 피부 치유의 모든 기세가 거기 있었다. 윤도의 마무리 광속구는 경맥으로 향했다. 경맥에는 네트워크가 있었다. 경맥의 중심에서 갈라지는 건 낙맥이었다.

낙맥은 15낙맥을 이룬다. 이 낙맥에서 가지를 치는 게 '손락'이었다.

손락은 피부의 표층에 365개의 맥을 펼친다. 나아가 피부에 있는 '부락'까지도 염두에 두었다.

장침 하나가 손락의 머리혈에 들어가 신호를 주었다. 부락도 마찬가지였다. 짜릿하게 반응하는 사이에 윤도가 견우혈의 서광을 밀었다.

전통의학이 서양의학과 달아 치료법으로 서로 친하지 아니할 쌔, 이런 까닭에 아픈 환자들이 전통의학 마음 있어도 우왕좌왕하는 이 하니라.

내 이를 위하야 새로 일침즉쾌 신침을 맹가노니, 환자마다 해여 쉬이 여겨 이용하매 질병을 완치코저 할 따람이니라.

윤도의 신침이 서광에 무지개를 일으켰다.

아아아!

무지개는 신성한 메아리를 이루며 번져 나갔다. 경맥을 지나 낙맥으로, 낙맥을 지나 손락으로, 마침내는 부락까지 이어지며 치유의 빛을 반짝거렸다. 빛은 상처 부위에 세워진 호침을 등대로 삼아 오색으로 깜빡이더니 차분히 상처 속으로 스며들었다.

얼마나 지났을까?

마침내 기다리던 신호가 왔다. 작은 상처 딱지를 시작으로 자연 탈락이 일어난 것이다. 그러는 중에도 견우혈의 무지갯빛은 끊임이 없었다.

탈각.

박리.

탈락…….

그렇게 희망의 도미노를 낳았다. 작은 상처에 이어 중간 딱지들도 변화가 왔다.

상처 주위가 부드럽게 물들더니 녹다 만 동전처럼 뭉쳐 있던 흉한 딱지들이 표피 위에서 흐늘거렸다.

그래, 이제 그만 그 몸에서 내려오너라.

거기는 너희 따위가 기생할 장소가 아니거든.

윤도는 견우혈의 파워를 끊임없이 길어냈다. 딱지가 떨어지고 상처가 아물어가는 동안 결코 쉬지 않았다. 두 시간 가까이 지나서야 윤도의 손이 보사를 멈췄다. 부락에서, 손락에서 건너온 느낌 때문이다. 거칠던 느낌이 순해진 때문이다.

'후우.'

그제야 시침을 끝냈다. 몸을 적신 땀 따위는 일도 아니었다. 윤도의 시선이 천천히 구대홍 쪽으로 돌아갔다.

"선생님, 너무 힘들어 보여요."

구대홍이 오히려 윤도를 위로했다.

"내가요?"

"저 때문에 무리하지는 마세요."

"대홍 씨가 어때서요?"

"맨날 선생님만 힘들게 하고."

"이제 무리할 과정은 없을 것 같으니 걱정 말아요."

"네?"

"몸 살짝 털어보세요. 오른쪽으로, 왼쪽으로."

"이렇게요?"

구대홍이 움직였다.

"조금 더 세게요."

"이렇게요?"

구대홍의 들썩임이 조금 더 강해졌다. 그러자 상처의 딱지들이 거짓말처럼 우수수 쏟아져 내렸다.

"선생님!"

"한 번 더."

구대홍의 몸이 좌우로 돌아갔다. 이번에도 많은 딱지가 쏟아졌다. 딱지가 쏟아진 자리에 선명한 얼룩과 반점이 드러났다. 그러나 이식한 살처럼 참혹한 불협화음은 없었다. 화상 환자들이 회복 3주 차에나 보이는 현상이 이틀 차에 일어난 것. 얼룩이야 천천히 제거해도 될 일이었다.

"선생님……."

구대홍의 눈이 뒤집혔다. 그의 아버지도, 레지던트도 그랬다.

"며칠 마무리 치료 받으시고 우리 한의원으로 오세요. 얼룩으로 남은 흉터도 마무리해야죠. 멋진 소방관님 기다리는 팬들도 많은데."

"선생님."

"아, 징징거릴 거 없어요. 광범위한 부위에 화상을 입은 환자는 영양 섭취도 중요하니까 음식 가리지 말고 잘 먹고요, 아버님은 저희 한의원으로 오세요. 탕약도 필요할 겁니다."

"선생님……."

구대홍의 아버지는 벌써 눈물 콧물 범벅 모드였다. 내내 마음을 졸였을 분을 위하여 가벼운 포옹을 위로로 해주었다.

"우리 대홍이를 두 번씩이나… 이 은혜를 어떻게……."

"대홍 씨 다 나으면 통닭이나 두어 마리 구워 오세요. 저는 그거면 됩니다."

"알겠습니다. 심심산골에서 풀과 지렁이 먹고 자란 진짜 토종닭 구해다가 노릇노릇하게 구워 가겠습니다."

"들었죠? 치료가 끝나면 아버님표 장작 통닭으로 치맥 한잔하자고요. 알았죠?"

윤도가 대홍을 바라보았다.

"선생님……."

"진짜 수고했어요. 그리고……."

윤도가 구대홍의 귀에 대고 뭔가를 속삭였다.

"알겠습니다."

이미 이심전심이 된 구대홍이 빙그레 웃었다.

스릉!

문이 열리자 윤도가 병실에서 나왔다.

펑펑펑!

기자들이 구름처럼 몰려들었다.

"구대홍 소방관의 상황은 어떻습니까?"

"얼마나 회복되었습니까?"

"소방관에 복귀할 수는 있는 겁니까?"

질문이 쏟아졌다. 윤도는 대답 대신 자동문 버튼을 눌렀다.

"으억!"

기자들이 기겁하며 물러났다. 거기서 나온 건 구대홍이었
다. 환자복을 입고 아버지의 부축을 받았지만 당당한 모습이
었다. 사람들의 시선이 그의 안면으로 향했다. 얼굴이며 목덜
미에 얼룩이 심하지만 처참하지는 않았다.

"나았어. 감쪽같이 나았어."

"우워어, 이거야 정말……."

"과연 채윤도!"

온갖 신음과 감탄이 쏟아졌다. 윤도가 구대홍의 귀에 속삭인 것. 바로 이 깜짝 등장이었다.

카메라 세례가 시작되었다. 윤도는 구대홍과 나란히 서서 플래시를 받았다. 화재로 야기된 비극을 해피엔딩으로 돌려세우는 윤도였다.

9. 지상 최고의 처방

꽃의 바다.

그 바다가 다시 윤도의 앞에 펼쳐졌다. 한의원 마당이다. 윤도가 구대홍의 참혹 화상과 사투를 벌이는 사이에 많은 사람들이 꽃을 두고 갔다. 그 꽃이 마당에서 희망을 이루고 있었다. 노란 국화 다발을 집어 들었다. 아직도 진한 향이 가득했다.

'고맙습니다.'

꽃을 향해 인사했다. 윤도를 응원하며 하나둘 쌓인 꽃. 이제 보니 그 격려가 윤도의 장침을 진격하게 만들었다. 그 힘으로 구대홍의 화상을 잡은 것이다.

이틀 사이에 옆 건물들의 화재 잔해는 거의 치워져 있었다. 한의원의 그을린 부분도 도색 단장이 끝났다. 정나현과 진경태가 발 빠르게 조치한 덕분이었다.

"원장님!"

간호사들이 달려 나와 윤도를 맞았다.

"원장님."

미화원 천영희 역시 젖은 눈빛으로 윤도를 반겼다. 그녀는 한의원 안팎의 정리에 몸을 아끼지 않았다. 그 흔적은 그녀의 손바닥에 물집으로 남았다.

"고생 많으셨어요."

격려를 남기고 원장실로 들어섰다. 알큰한 화기가 느껴졌다. 자연 향에 탈취제까지 동원했지만 다 빠지지 않았다. 그래도 고마웠다. 자칫했으면 잿더미가 되었을 한의원. 그러고 보니 이 건물은 한의원으로 기막힌 명당인 모양이다. 그렇기에 개발에 개발을 거듭하는 서울 땅에서 본래의 고풍스러움을 간직하게 되는 것이다.

"원장님."

정나현이 들어왔다.

"수고 많았어요."

윤도가 인사를 전했다.

"그런 말 마세요. 고생한 건 원장님이죠. 그나저나 오늘은 내내 화상 환자들 전화 폭주예요."

"제가 또 일을 만들었군요?"

"왜 아니겠어요? 하루를 넘기기 힘들겠다는 화상 환자를 일어나게 만들었잖아요? 아까 화면에 소방관 얼굴 나오던데 원장님 모시면서도 믿지 못하겠더라고요. 마법이 아니고서 야……."

"내가 부린 마법이 아니고 저기 꽃들이 부린 마법입니다. 마음과 마음이 모이면 물길도 돌릴 수 있다잖아요."

"아무튼 어쩌죠? 진료 시작할까요?"

"당연히 그래야죠. 연기 냄새가 약간 남아서 환자들이 좀 불편하기는 하겠지만……."

"그럼 TS 전자는요?"

"TS 전자?"

윤도가 눈빛을 들었다. 그러고 보니 까맣게 잊고 있었다. TS 전자에 백혈병 직원들을 진료하러 가야 한다는 사실을.

'이런!'

낭패감에 전화를 보았다. 치료 중에 걸려온 전화와 문자가 셀 수도 없을 지경이다. 하나하나 살피다 보니 김 전무의 문자가 있었다. 이진웅과 그의 아내 지수혜의 안부도 있었다.

[화마를 피해서 다행이군. 소방관 치료 중이시라니 거기서 전력을 다하시기 바라네. 회장님과 함께 응원하네.]

김 전무의 문자가 반짝거렸다. 대충 체크하는 통에 넘어간 모양이다.

"잠깐만요."

윤도는 바로 통화 버튼을 눌렀다. 김 전무가 나왔다.

"전무님."

"어이쿠, 이게 누구야? 채 실장?"

"죄송합니다. 갑작스러운 사고 때문에 그만 약속을……."

"무슨 소린가? 그렇게 큰 사고였는데 당연한 일이지."

"괜찮으시면 지금이라도 가겠습니다."

"그렇게 무리해도 괜찮겠나? 보도를 보니 SS병원에서 꼬박 이틀이나 사투를 벌였던데."

"조금 쉬었습니다. 게다가 예약 환자도 밀려 있어서 오래 쉴 형편이 아닙니다."

"채 실장."

"환자들은 저보다 더 아프거든요."

"……."

"지금 가겠습니다. 진단받을 직원들 불러주세요."

"그럼… 염치없이 신세 좀 지겠네."

"아닙니다."

윤도가 통화를 끝냈다. 한의원의 예약 환자들은 자연스레 밀리게 되었다.

*　　　　*　　　　*

"TS는 직업병 인정하고 보상하라!"

"보상하라! 보상하라!"

"근로자가 로봇이냐? 작업 중에 걸린 병에 생떼 마라! 생떼 마라!"

"생떼 마라! 생떼 마라!"

"근로자는 백혈병으로 눈물, 회사는 사상 최대 이익으로 미소!"

회사 앞에서는 여성 노동자 10여 명이 피켓 시위를 벌이고 있었다. 윤도의 차가 그 앞으로 지나갔다. 직업병은 다양하다. 전자산업 직업병이라면 난소암, 백혈병, 재생불량성빈혈, 다발성경화증, 폐암, 불임, 유방암, 뇌종양, 다발성 신경병증, 악성 림프종 등이 꼽힌다. 어떤 경우라도 근로자에게는 치명적이었다.

"채 실장."

윤도가 도착하자 이 회장이 몸소 나와 반겼다. 김 전무와

임원 몇 명도 윤도의 화상(火傷) 쾌거를 치하했다.

"드시게."

회장실에서 차가 나왔다. 이 회장이 찻잔을 밀어주었다.

"채 실장이 온다니 회장님이 임원 회의를 일찍 끝내셨네. 채 실장 보려고 말이지."

배석한 김 전무가 웃었다.

"심려를 끼쳐 죄송합니다."

윤도가 예를 갖췄다.

"무슨 소리. 큰일 날 뻔했어. 나도 사업 초창기에 불을 맞아봐서 알지. 속 모르는 사람들은 불나면 사업이 잘될 징조라고 하지만 허튼소리라네. 그 심적, 경제적 충격이 얼마나 컸던지 지금도 가끔 악몽을 꾼다네."

"예."

"그런데도 소방관에게 달려가 살려내다니… 내 임원들에게도 채 실장 얘기만 하다가 나왔다네."

"별말씀을……."

"아무튼 정말 장하네. 채 실장을 보면 늘 내 자신이 부끄러워."

"치아는 어떻습니까?"

윤도가 화제를 돌렸다.

"이? 좋지. 어제는 오돌뼈에 한잔했다네. 전 같으면 상상도 못 했을 일이지."

"맥을 좀 볼까요?"

"그래주시겠나?"

이 회장이 손목을 내주었다. 이 회장의 맥박은 그런대로 조화로웠다. 치아는 골수에 뿌리를 넣고 있다. 그러나 진짜 뿌리는 '신장'에 닿아 있다. 신장의 맥은 나쁘지 않았다. 그것은 곧 새로 난 치아에 문제가 없다는 뜻이다.

"치아가 자리를 잘 잡았네요. 이제는 일상적인 관리만 하시면 될 것 같습니다."

"그런데……"

"말씀하시죠."

"실은 며칠 전에 대통령을 만났다네. 일자리 창출 문제로 말이야."

"아, 네."

"대통령 치아도 채 선생이 치료해 드렸다고?"

"예, 제가 한방 자문의를 맡고 있다 보니……"

"덕분에 공감대가 생겨서 말하기가 좋았네. 사실 요즘 청와대가 우리 TS에 각을 세우고 있거든."

"……"

이 회장의 목소리가 살짝 무거워졌다. 김 전무도 그랬다.

―백혈병.

감이 왔다. 현재의 대통령은 노동자 친화형이다. 그 참모진도 그렇다. 그렇다면 이슈가 된 TS 생산직 백혈병에 대해 어떤 식으로든 의견이 개진되었을 수 있었다. 대통령 쪽의 의견이라면 TS에 부담이 될 일이다. 아니나 다를까, 김 전무가 커밍아웃을 했다.

"다 백혈병 때문일세."

"예."

"청와대에서는 직업병으로 인정하기를 바라는 눈치인데 그게 그렇게 간단한 일이 아니라네. 만약 직업병을 인정하면 그 파급 효과가 일파만파로 번지게 될 걸세. 해당 공장의 폐쇄까지도 고려해야 하고 말이야."

"관련 직원들은 도착해 있나요?"

"한 20분 되었네."

"그럼 가봐야겠군요. 환자를 기다리게 할 수는 없으니……."

윤도가 차를 비웠다.

"그래서 말인데, 채 실장."

이 회장의 시선이 윤도에게 날아왔다.

"예."

"백혈병도 될까?"

"의자는 병자를 두고 장담하지 않습니다. 최선을 다할 뿐이죠."

"병의 기원은 어떤가? 양방처럼 질병 발병의 원인 규명도 할 수 있나?"

"일단 환자를 보겠습니다."

"부탁하네."

이 회장의 당부를 들으며 복도로 나왔다. 김 전무도 따라 나왔다. 회사의 입장은 알 것 같았다. 논란이다. 그러나 환자가 치료된다면 논란은 종식될 수 있었다. 이 회장의 눈에는 그런 기대가 담겨 있었다.

"채 실장."

의무실 앞에서 김 전무가 돌아보았다.

"······."

"부탁하네. 채 실장이 고쳐만 준다면 이슈도 함께 사라질 걸세."

"예."

짧은 대답을 남기고 의무실로 들어섰다. 여직원 둘이 눈만 내놓은 멸균 마스크를 쓰고 있다. 팔다리 여기저기에 남은 멍 자국에 더불어 여리고 창백한 피부에 어리는 멍의 기운과 바랜 자줏빛 피부. 백혈병의 느낌이 겉으로도 느껴졌다.

다가서기 전에 손부터 씻었다. TS의 입장도 함께 씻어 보냈다. 한의사는 진료를 할 뿐이다.

"안녕하세요?"

인사를 했다. 검은 차도르의 여인 같은 여직원들이 고개를 숙여 응답했다.

한 사람은 20대 후반, 또 한 사람은 30대 초반. 같은 공정에서 일하다 같은 백혈병에 걸린 사람들. 그래서 그런지 이미지도 닮아 보였다.

"죄송합니다. 제가 응급환자와 씨름하느라 많이 늦었습니다."

여직원들에게 사과부터 날렸다. 몸이 불편한 이들. 이유가 어쨌든 엊그제 헛걸음을 했을 것이다.

맥을 잡았다.

오장육부의 오행 질서가 엉망이었다. 특히 간과 비장이 그랬다. 사나운 기세도 없이 그저 애통했다. 기혈의 무력감과 더불어 뼈와 눈 쪽의 상태가 좋지 않았다.

'백혈병.'

연장자의 손목도 잡았다.

'백혈병!'

진단은 명백했다.

간호사가 가져온 병원의 진료 기록을 보았다.

병명이 너무나 또렷하게 보였다.

CML(Chronic myeloid leukemia), 만성골수성 백혈병의 약어이다.

백혈병 중에서도 가장 흔한 것으로, 백혈구의 수가 폭발적으로 증가하는 상태이다. 수치는 정상인 백혈구의 5,000~9,000에 비해 10만~30만/㎣으로 증가하며, 대부분 기능이 현저히 떨어지는 백혈구들이다. 반대로 혈소판은 크게 감소되어 코피, 잇몸 출혈, 피하 출혈, 뇌 출혈에 더불어 열이 올라간다.

그 현상은 이미 그녀들 몸 곳곳에 있었다. 검은 마스크에 밴 혈흔 자국과 드러난 피부마다 맺힌 검푸른 혈흔.

그러나 그녀들의 절망은 백혈병에만 있지 않았다. 그녀들 생각으로는 명백한 직업병. 그러나 회사는 그녀들을 버렸다. 오늘에 이르러 윤도에게 진료를 주선하고 있지만 초창기엔 약간의 위로금 외에는 관심이 없는 회사였다.

그렇기에 그녀들은 회사에서 진료를 받을 생각이 없었다. 병원 밖 외출도 부담스러웠다. 그럼에도 이 제의를 받아들인 건 윤도의 명성 때문이었다. 회사와의 투쟁도 중요하지만 병부터 나아야 했다. 그렇지 못해 사망하게 되면 진실이고 뭐고 다 날아갈 판이었다.

그 비장미는 그녀들의 눈에서 읽을 수 있었다. 보조하는 간호사에 대한 경계심도 강했다. 그녀들은 윤도의 질문에도 최소한의 대답만 했다.

"이 샘은 나가 계세요."

분위기를 읽은 윤도가 의무실 간호사에게 말했다. 간호사가 돌아섰다. 그녀는 의무실 행정팀장의 지시를 받고 있었다. 그러나 회장의 직속 라인으로 구분되는 윤도였다. 팀장도 어쩔 수가 없는 것이다.

"아."

순간 연장자가 몸을 움츠렸다.

"어디 불편하신가요?"

"열이 좀 오르는 것 같아요."

연장자의 이마에 땀방울이 맺혔다. 백혈병 환자에게 열은 치명타가 될 수 있다. 그러나 그녀는 걱정할 필요가 없었다. 윤도의 장침 한 방이 열을 내려주었다.

"이 안에는 우리밖에 없습니다."

발침을 한 윤도가 뒷말을 이었다.

"질문이 있으면 기탄없이 하세요."

"채윤도 선생님."

연장자가 입을 열었다.

"네."

"저희는 사실 두 가지를 믿고 이 진료에 응했습니다. 선생님의 의술과 선생님에 대한 신뢰."

"……."

"그동안 엄청난 기적을 일으키셨죠. 도쿄에서 베이징, 이제는 미국과 운명 직전의 소방대원의 화상 치료까지. 방금 직접 경험해 보니 대단하시네요. 장침이 들어가기 무섭게 열이 잡히니……."

"……."

"죄송하지만 바로 묻겠습니다. 선생님의 침술로 저희 병도 고칠 수 있나요?"

연장자의 말과 함께 두 여자의 시선이 윤도를 겨누었다. 절실하면서도 팽팽하게 날이 선 시선이다.

"후자까지 먼저 말씀해 주시지요."

윤도가 웃었다. 윤도의 신뢰. 그녀들에게는 어떤 가치인지 궁금했다.

"신뢰란… 선생님이 정의의 편이라는 믿음입니다. 그동안의 행적이 그랬으니까요. 하지만 그럼에도 불구하고 다시 확인하려는 건 선생님이 TS의 회장과 친하고 이 회사의 직함을 가지고 있기 때문입니다."

"차분히 말해줘서 고맙습니다."

"……."

"두 분의 병은 고칠 수 있습니다."

"……!"

윤도의 전격 선언. 두 여자의 시선이 검은 마스크 안에서 출렁 흔들렸다.

"그러나 두 분이 원하는 건 치료에 더해 명예 회복이겠죠.

두 분이 회사에 생떼를 쓴 게 아니라 억울한 피해자라는 것, 그리하여 보상금이나 우려먹으려는 작태가 아니라 정당한 요구였다는 것."

"맞아요."

"그러자면 두 분의 질문은 방향이 틀렸습니다."

"선생님."

"제일 먼저 그걸 물었어야 하는 거 아닙니까? 두 분의 백혈병이 개인적인 것이냐, 근무 환경에 기인한 것이냐?"

"선생님이 그것도 아실 수 있나요?"

"역학조사를 해봐야겠죠."

"어떻게 말이죠?"

"밖에 시위하는 사람들, 동료들인가요?"

"네."

"두 분과 같은 라인에서 근무한 사람도 있나요?"

"세 명 정도……."

"불러주세요. 바로 확인해 드리겠습니다."

"채 실장."

당장 김 전무가 난색을 표했다. 하지만 윤도의 응수는 명쾌했다.

"치료를 위해 필요한 일입니다."

김 전무는 이의를 달지 못했다. 결국 세 여자가 의무실로 들어왔다. 손을 씻게 하고 마스크부터 채웠다.

윤도가 역학조사임을 설명했다. 세 여자는 의아해했지만 동료이던 환자 둘의 부탁에 따라 윤도의 요청에 응했다. 그들 역시 윤도가 누군지 아는 까닭이다.

백혈병에 걸린 두 여자에 더해 다섯 여자를 침대에 눕혔다. 백혈병 환자들을 대조 맥으로 삼았다. 시약으로 치면 컨트롤의 역할이다.

신장!

윤도의 조사처는 신장이었다. 신장에서 중완혈과 양팔의 곡지혈, 양다리의 족삼리, 머리의 백회혈 반응을 체크했다. 음양오행의 법칙에 따라 배치된 혈자리에서 역학조사를 하는 것이다.

맥이 왔다.

오방을 이룬 맥이 윤도의 손으로 들어왔다.

이번에는 그 오방의 자리에 장침을 꽂았다. 침감이 전해오는 신장의 기를 읽었다. 다섯 여자의 맥과 기는 닮은 곳이 있었다. 신장의 원기를 위협하는 날 선 까칠함, 혈맥의 불안과 초조감, 혼돈과 미몽의 느낌. 일반인에게는 느낄 수 없는 것들이다. 세 여자에게도 백혈병의 인자가 있는 것이다. 다만 신장의 기혈을 위협할 정도가 아니라 발병이 되지 않았을 뿐.

직업병.

확실해졌다.

어쩐다?

잠시 생각에 잠겼다. TS 전자에는 불리한 진단이었다. 그 진단을 윤도가 내린다면? 이 회장이나 김 전무에게 치명적이 될 수 있었다.

우리가 남이가?

그들이라고 그런 생각이 없을까?

하지만 윤도는 한의사였다. 의술은 오직 환자를 위할 뿐.

"세 분, 협조해 주셔서 고맙습니다."

인사로 세 여자를 내보냈다. 그런 다음 환자들에게 다가섰다.

"결과는요?"

두 환자가 물었다.

"제 판단으로는 직업병입니다."

주저 없이 답이 나왔다.

"……!"

"직업병 맞습니다."

한 번 더 강조함으로써 쐐기를 박았다.

환자들은 윤도에게서 시선을 떼지 못했다. 백혈병의 치료만큼이나 기대하던 말이 나온 것이다.

"잠깐만 기다려 주세요. 백혈병 치료용 장침을 가져오겠습니다."

대충 둘러대고 의무실을 나왔다.

"채 실장."

복도의 김 전무가 다가왔다.

"회장님을 좀 뵈어야 할 것 같습니다."

"문제가 있나?"

"뵙고 말씀드리겠습니다."

"나한테 말씀하시게. 회장님은 신제품 발표 문제로 개발실장과 미팅 중이시라네."

"뵙고 말씀드리겠습니다."

"문제가 있군."

TS의 온갖 현안을 다루는 김 전무. 켜켜이 쌓인 경륜의 소유자답게 감을 잡고 있었다. 그렇다고 해도 윤도의 말은 변하지 않았다.

"죄송합니다. 뵙고……."

똑똑.

김 전무가 회장실 문을 두드렸다. 그가 들어가자 개발실장이 나왔다. 윤도와 인연이 있는 스떼빤과 함께였다.

"채 선생님."

스떼빤이 반색했다. 윤도는 부드러운 미소로 그와 악수를 나누었다.

"들어오시게."

잠시 후에 김 전무가 윤도를 불렀다.

'후우!'

심호흡을 하고 안으로 들어섰다.

"……!"

윤도의 말을 들은 이 회장이 놀란 시선을 들었다.

"방금 뭐라고 하셨나?"

"나수연 씨와 공선희 씨는 직업병입니다."

윤도가 잘라 말했다.

"채 실장."

김 전무의 눈빛이 맹렬하게 흔들렸다. 이유는 두 가지였다. 하나는 결과 때문이고 또 하나는 그걸 여과 없이 회장에게 보고해 버리는 윤도 때문이었다.

"직업병이라고?"

이 회장의 눈이 김 전무를 향했다.

"어떻게 나온 진단인가?"

김 전무가 물었다. 다른 한의사나 의사라면 공박이라도 했을 일. 그러나 윤도는 김 전무가 다그칠 의술의 소유자가 아니었다.

"아까 참고한 직원들이 증거입니다. 그들에게서도 두 환자의 백혈병에서 잡히는 혼돈과 미몽의 기와 맥이 나왔습니다."

"무슨 소리인가? 그 라인에서 근무한 전체 직원에 대해 역학조사를 벌였네. 우연의 일치를 이룬 두 근로자 외에는 전부 문제가 없었네. 작업환경평가서의 측정치도 기준 이내였고."

"전무님."

"……?"

"제가 말씀드리는 건 양방에서 다루는 정상, 비정상, Negative, Positive, Reaction, Non Reaction의 문제가 아닙니다. 전무님의 눈이 작살이 나도 오장의 검사는 문제가 없지 않았습니까? 회장님의 치아도 그렇고 심지어 조금 전에 본 스 떼빤의 경우도……."

"……."

"저는 지금 한방의 기혈과 진맥을 말하고 있는 겁니다. 양방의 장비와 검사법으로는 기혈과 진맥을 측정할 수 없습니다."

윤도의 목소리는 담담했다. 그러나 그 담담함 속에는 산더미처럼 밀려오는 해일의 묵직함이 있었다. 내 진단에 범접치마라. 담담함 속에서 배어 나오는 신념은 김 전무의 경륜으로도 대적할 수준이 아니었다.

"확실한가?"

주목하던 회장이 물었다.

"예."

"으음……."

"……."

"치료는 어떤가? 채 실장 의술로……."

"이 치료는 회장님이 먼저 시작하셔야 합니다."

윤도 입에서 엉뚱한 처방이 나왔다.

"나?"

"예."

"채 실장, 그게 무슨 말인가? 나라니?"

"두 환자는 기가 심하게 상했습니다. 특히 칠기(七氣)와 구기(九氣)가 그런데 이는 정신적 스트레스가 극한에 이르렀다는 증거입니다. 그 상한 마음으로 인해 중기(中氣)도 성하지 못합니다. 나아가 간, 쓸개, 콩팥, 삼초에 만리장성 같은 화가 쌓여 강철의 상화(相火)를 이뤘으니 그걸 풀지 않고는 제 침이 들어간들 소용이 없을 일입니다."

"……."

"따라서 두 환자의 백혈병 치료는 회장님의 결단에 달린 것 같습니다."

윤도는 쐐기를 박았다. 이 회장이 뜨악한 자세로 굳어버렸다.

두 근로자.

회장과의 만남을 원했다. 회장을 만나 직접 하소연을 할 생각이었다. 그러나 임원들이 막았다. 거대 기업에서 근로자는 하나의 부속품. 회장이 일일이 나서지 않는 게 상례였다.

그러나 거듭 문제가 되었기에 윤도에게 진료를 부탁한 것. 윤도라면 국민적 지지를 받고 있는 한의사였으니 치료가 된다면 직업병보다 '기적' 쪽으로 몰고 가면 될 일이었다.

그런데 그 기적의 손이 느닷없는 제의를 던져놓았다.

"으음……."

이 회장의 입에서 신음이 나왔다. 윤도의 진단이기에 100% 신뢰하는 이 회장. 바보가 아닌 다음에야 윤도의 의도를 알고 있다.

정신적 스트레스로 인한 기의 손상.

만리장성처럼 쌓인 강철의 상화.

그 두 가지 명제는 단순히 그들을 만나 악수를 나누고 위로한다고 해결될 일이 아니었다.

"채 실장, 그런 문제라면 내가……."

"안 됩니다."

김 전무가 나서자 윤도가 커트했다.

"채 실장……."

"지난번에 제 한의원에 데려온 직원 생각나십니까? 모유를 먹이고 싶어 하던……."

"그야……."

"그때 그 직원이 아내의 젖멍울을 빨았습니다. 다른 사람이나 유축기가 할 수도 있었지만 아주 다릅니다. 지금이 그렇습니다."

"……!"

김 전무는 더 이상 끼어들지 못했다.

인정, 사과, 보상.

몇 가지 단어가 이 회장의 뇌리를 스쳐 갔다.

"주제넘은 말씀이지만 TS가 뭐라고 하든 사회적 분위기는 이미 직업병 쪽으로 굳어진 분위기입니다. 그러나 회장님께서 저들의 응어리를 풀어주고 제가 병을 치료해 준다면 더 이상 확장되지는 않을 겁니다. 저는 병을 고치고 회장님은 두 직원의 마음과 회사 이미지를 구하는 거죠. 그렇기에 이 치료는 회장님의 몫이 저보다 더 클 수 있습니다."

"환자들을 만나겠네."

신음하던 이 회장이 결단을 내렸다. 윤도는 지금 기회를 주고 있었다. 회장은 그걸 감지했다.

"회장님!"

김 전무가 전격적으로 반응했다.

"채 실장 말이 옳네."

이 회장이 일축했다.

"그럼 가시죠."

윤도가 문을 가리켰다.

딸깍!

의무실 문이 열렸다. 윤도가 이 회장과 함께 들어섰다. 두 환자가 의자에서 일어섰다. 그들의 반응 또한 전격적이었다. 이 회장 역시 손부터 씻었다. 마스크도 착용했다. 환자의 안전 앞에서는 이 회장 또한 예외가 될 수 없었다.

"나를 보자고 했다고?"

"회장님."

"우리 채 실장이 그러더군요. 두 사람의 응어리가 나를 만나야 풀린다고."

"회장님."

두 환자는 눈물부터 쏟아냈다. 현장 책임자를 비롯해 본사의 담당 중역까지 소 귀에 경 읽기이던 그들의 호소였다. 그렇기에 다 차치하고 회장을 만나고 싶었다. 회장이라면 그들의 말에 귀를 기울여 주지 않을까 싶은 기대였다. 그러나 그들로서는 닿을 수 없는 TS 전자의 회장. 믿기지 않게도 그가 눈앞에 와 있다.

"그럼 말씀들 나누십시오."

윤도가 돌아서려는 순간 연장자 나수연이 그의 걸음을 막았다.

"가지 마세요. 여기 함께 있어주세요."

"······?"

"이 안에 우리 편은 선생님밖에 없습니다. 선생님이 가시면 저희를 끌어넬지도 몰라요."

"제가 알기로 우리 회장님은 그렇게 신의가 없는 분이 아닙니다. 또 만약 그렇게 신의가 없다면 만난들 무엇 하겠습니까?"

"······."

"그러니 마음 놓으세요. 저는 복도에 있을 겁니다."

환자들을 달랜 윤도가 문을 열고 나갔다.

"허헛, 이거 내가 직원들에게 인기가 바닥이로군."

이 회장이 웃었다.

"죄송합니다."

"아니에요. 자, 이제 얘기 시작할까요?"

"저희가 할 말은 오직 한 가지뿐입니다. 저희 백혈병은 개인적이나 유전적으로 발병한 게 아니라는 사실."

"회사에 근무하면서 생긴 직업병이라는 사실."

옆에 있던 공선희가 한 번 더 강조했다.

"또 뭐가 있죠?"

"합당한 보상과 치료요."

"그게 다인가요?"

"네. 저희는 개인적인 병을 가지고 떼를 쓰는 게 아닙니다. 입사하기 전까지만 해도 건강한 상태였고 집안에도 유사 병력을 가진 사람이 없습니다."

"내 생각은 좀 다릅니다만."

"회장님."

"두 사람, 우리 채윤도 실장을 아세요?"

"방송과 기사로만……."

"두 사람의 병을 고치는 문제는요?"

"고쳐줄 수 있다고 말씀하셨습니다."

"믿어요?"

"네."

"그럼 한 가지가 빠졌잖아요? 두 사람의 복직!"

"회장님!"

경계하던 여직원들의 눈에 생기가 들어왔다.

"여러 논란이 있었지만 긍정적으로 보면 두 사람의 희생으로 회사의 시설 개선이 좋아진 측면도 있어요. 그 후로 그쪽 공정을 자동화해서 로봇이 맡고 있으니까요. 회장으로서 약속하죠. 그동안 치료받은 치료비에 더불어 그 기간의 임금 보상, 나아가 향후의 치료비와 함께 백혈병이 치료되면 복직을 보장하는 동시에 한 직급씩 올려주도록 조치하겠습니다. 물론 차별 같은 불이익도 없을 거고요."

"예?"

"다시 말해줄까요? 치료비에 더불어 임금 보상, 복직에 한 직급 승진."

"회장님……."

두 환자의 목소리가 흔들렸다. 그렇게 듣고 싶던 말이다. 오직 회사를 위해 일하다 생긴 직업병. 그러나 마치 돈이나 바라는 것처럼 악질 근로자로 호도되었던 그동안의 사정. 그 억울함이 눈 녹듯 녹아내리는 순간이었다.

"마지막은 사과겠죠? 저간의 과정에 대해 미안하게 생각합니다."

"회장님……."

"허헛, 이거 각서로 써줘야 두 사람 마음이 놓이겠지?"

"예? 예……."

"채 실장, 밖에 계신가?"

이 회장이 복도에 대고 외쳤다. 윤도가 들어오자 이 회장은 두 환자에게 한 약속을 한 번 더 구술했다.

"이만하면 각서를 가늠할 수 있겠지?"

이 회장이 두 환자를 바라보았다.

"예."

두 환자가 활짝 웃었다.

"이제 내 역할은 끝난 건가?"

이 회장이 윤도에게 물었다.

"예."

"그럼 이 두 친구의 백혈병 치료에 들어가시는 거지?"

"제 입으로 한 말이니 책임을 져야죠."

"얼마나 걸리나?"

"회장님 퇴근하기 전에 끝내보겠습니다. 시간이 되시면 마음고생을 한 이 두 분에게 식사나 한 끼 내시면……."

"좋지."

"큰 결단으로 환자의 뭉친 기를 풀어주셔서 고맙습니다."

"내가 할 말이네. 그럼 뒷일을 부탁하네."

이 회장은 윤도의 어깨를 쳐주고 나갔다.

"선생님……."

두 환자가 울먹거렸다.

"어허, 그렇게 활기 다운이면 침발 안 받습니다. 이제 원하는 대로 되었으니 빨리 회복해서 복직해야죠."

"선생님."

"두 분, 침대에 누우세요. 나란히!"

윤도가 명령했다. 두 환자는 눈물을 쏟으며 지시에 따랐다. 침은 술술 들어갔다.

환자들의 마음이 열린 탓이다. 이 회장이 마음을 연 까닭이다. 피해자와 가해자의 화해. 다시 생각해도 지상 최강의 처방이었다.

'이만하면 편작의 처방에 견줄 수 있을까?'

침술이 즐거운 날이었다.

10. 상황을 리드하라

비가 내렸다.

일주일 내내 내렸다. 그나마 강수량이 많지 않았기에 다행이다.

습기 가득하니 커피 맛은 좋았다.

하지만 노인 환자들은 죽을 맛이었다. 특히나 만성질환에 시달리는 분들이 그랬다.

관절과 류머티즘, 요통이 대표적이다. 안질환 또한 노령의 고질병이다.

근시는 물론이고 백내장과 녹내장, 심지어 눈을 찌르는 눈썹까지도 노년의 삶의 질을 떨어뜨렸다.

눈썹.

오늘은 그 환자를 치료하게 되었다. 노년이 되면 눈꺼풀의
탄력이 떨어진다. 그러다 보니 눈썹이 안구를 찌를 때가 많
다.

슬픈 건 그걸 잘 자각하지 못한다는 사실이다. 만성적으로
접촉되다 보니 각막의 반응이 떨어진 것이다. 이렇게 되면 염
증을 달고 살아야 한다.

눈썹을 주관하는 장기는 간이다. 방광과 삼초 경락도 참견
한다.

이들의 기혈이 고르고 왕성하면 눈썹이 길고 윤기가 난다.
그 반대가 되면 짧아지고 윤기가 짐 싸들고 가출한다.

장침이 들어갔다.

다른 장기와의 조화를 해치지 않는 범위 내에서 간과 삼초
의 생기를 북돋아 주었다.

탱탱!

할머니의 눈썹에 힘이 들어갔다. 안으로 휘며 눈을 찌르던
각도를 벗어난 것이다.

"아유, 이제 괜찮네."

할머니가 대문니를 드러내며 웃었다. 세월 따라 떠나간 생
니 자리에 들여앉힌 틀니가 유난히 하얗게 보였다.

"원장님."

잠시 후에 승주가 검사 통지서 하나를 가져왔다. 윤도의 것이다.

HIV 검사 결과.

안에서 나온 제목이다. 검체 주인의 이름은 채윤도. 그러니까 윤도가 HIV, 즉 에이즈 검사를 받은 것이다.

중국의 거부 바이징팅 때문이다. 그때 그를 치료하다 약간의 사고를 당한 윤도.

그를 치료했지만 혹시나 싶은 마음에 확인 검사를 실시한 것이다.

Negative!

결과지 안에서 만족스러운 단어가 나왔다. 걱정하지 않아도 될 것 같았다.

"안 선생님."

윤도가 안미란을 호출했다.

"네, 원장님."

환자 상담을 마친 안미란이 들어왔다.

"급한 환자 있나요?"

"아, 오늘 국회의원분들 예약 있다고 하셨죠?"

"오실 시간이 가까운 것 같아서 준비 좀 하려고요."

"염려 마시고 진료하세요. 뒤는 제가 받치겠습니다."

안미란이 웃었다. 그녀는 한의원 일에 아주 잘 적응하고 있었다.

시계를 보았다.

약속 시간은 20분 정도 남았다.

머리도 식힐 겸 커피 잔을 챙겨 들고 마당으로 나왔다. 불에 탄 목조건물 자리는 시원하게 비어 있었다. 토닥토닥 내리는 빗줄기만 가득하다. 저 땅은 이제 윤도의 소유가 되었다. 건물이 전소하자 땅주인이 매물로 내놓았고, 윤도가 거둬들였다.

나중에 한의원을 증축하거나 다른 용도로 요긴하리란 판단에서이다.

*   *   *

정광패.

빗소리에 이름 하나가 묻어왔다. 야당의 전임 총재. 20분쯤 후에 올 예약 손님이다.

다리는 류수완이 놓았다. 60대 중반이면 흔한 병 한두 개는 달고 있다. 정광패는 심한 오십견이었다. 언젠가 골프 회동

때부터 시작된 격통은 비 오는 날에 더 심했다. 그렇기에 오늘이 디데이가 된 것이다.

한 주 동안 윤도도 분주했다.

한의사협회 회장단을 만났고, 장백교와 길상구, 조수황, 김남우 등의 중진 한의사들을 만나 의견을 들었다. 그들의 중지도 윤도와 다르지 않았다.

─한의학 원리에 의한 약이라면 당연히 한의사도 처방권을 가져야지.

한목소리로 윤도의 짐을 덜어주었다. 더구나 치매 신약은 윤도가 개발한 것이다. 최상으로 한의사들에게 처방권, 차선으로 윤도(개발자)에게라도 처방권을 줘야 한다는 데 뜻을 같이해 주었다.

그러나 길은 멀었다. 사람을 만날수록 그랬다. 윤도가 모르는 문제점들이 솔솔 부각된 것이다. 우려의 줄기가 하나로 모아졌다.

─정치꾼들에게 이용당하지 말 것.

특히 장백교의 경험담이 유용했다. 그는 이미 서울한방의료원 설립 문제로 여야의 정치권과 교류하고 있었다. 탕약의 대가답게 양 진영에 단골 환자들이 있었다. 그렇기에 정치판의 이전투구를 잘 알고 있었다. 그의 조언은 윤도에게 큰 도움이 되었다.

예약 10분 전.

중국 주석부터 글로벌 스타, 북한의 주석과 일본 수상까지 대한 윤도였지만 살짝 긴장이 되었다. 단순히 치료만 하는 예약이 아닌 까닭이다.

정광패.

그가 온다고 하니 '말(馬)' 생각이 났다. 그의 중학생 손녀가 탄다는 말. 원장실로 돌아와 산해경을 펼쳤다. 산해경에는 사람의 영약만 있지 않았다.

서산경이었다. 부우산의 문경이 나왔다. 관수와 우수가 보인다.

이 속에 흘러 다니는 붉은 흙이 소와 말의 만병을 통치하는 영약이었다.

발라주기만 하면 병에 걸리지 않는 것이다. 떡 본 김에 제사 지낸다고 호기심이 발동했다. 일부 채집을 했다. 윤도의 자동 분석기가 돌았다.

[원산] 산해경 적영토(赤靈土).

[약재 수령] 202년.

[약성 함유 등급] 上中品.

[중금속 함유] 무.

[곰팡이 독소] 무.

[약재 사용 유무] 가능.

[용법 용량] 항아리에 담아두고 상지수로 촉촉이 개어 소나 말의 환부에 바른다. 오장육부의 경우에는 장부 위치의 표면에 바른다. 습기가 가시지 않게 해주면 약효가 더욱 좋아진다. 사람에게는 사용을 금한다.

[약효 기대치] 上上.

'상지수로 개어 바른다?'

상지수만 빼면 법제 자체는 크게 어렵지 않았다. 하지만 소용이 될 수 있을까?

적영토를 바라볼 때 인터폰이 울렸다.

"원장님, 손님 오셨어요."

승주의 목소리였다. 류수완이 내리고 있었다. 그는 혼자였다.

"정 총재님은 사정이 생겨서 조금 늦는다고 합니다."

우산을 접은 류수완이 소식을 전해왔다.

"정치 일정이 바쁜 모양이군요."

윤도가 차를 권하며 물었다.

"정치가 아니고 집안일이라네요. 눈치를 보니 손녀에게 사고가 난 모양입니다."

"사고요?"

"이 양반이 손녀라면 끔뻑 죽거든요."

"말 타는 손녀 말입니까?"

"어? 그걸 다 아세요?"

"검색하다 보니 나오더군요. 승마 선수라고……."

"어이쿠, 제가 뭐 도움이 좀 되나 했더니 저보다 빠르군요."

"별말씀을……."

"아무튼 양념은 대략 쳐두었습니다. 나머지는 채 선생님이……."

"반응은 어떻습니까?"

"나쁘지는 않은데 정치인들은 말 바꾸기의 명수입니다. 확답이 나오기 전까지는 속단하시면 안 됩니다."

"예……."

"채 선생님이 대비하실 건 공천 이야기입니다. 제게도 언질하더군요."

"저는 정치에 관심 없습니다."

"그 말 전했더니 정 총재께서 그러더군요. 자기도 처음에는 정치에 관심 없었고 현재 정치하는 사람들치고 처음부터 정치하려고 태어난 사람 거의 없다고……."

"관철시키겠다?"

"지금 여야가 전부 혈안 아닙니까? 어느 쪽이든 채 선생님이 합류하면 득표에 큰 도움이 될 테니까요."

그때 류수완의 전화기가 울렸다.

"총재십니다. 거의 다 왔다는군요."

통화를 끝낸 류수완이 윤도를 바라보았다. 비는 이제 거의 그쳐가고 있었다.

"이여, 여기가 바로 대한민국 최고 명의 채윤도 선생의 왕국이로군요?"

보좌관과 들어선 정광패가 너스레를 떨었다.

"오시느라 고생하셨습니다."

윤도가 정광패를 맞았다.

"고생이랄 게 있습니까? 국민 영웅을 만나는 일인데……."

"어깨가 불편하시다고요?"

"아, 예. 나도 이제 늙었는지……."

정광패가 어깨를 움직여 보였다.

"진료부터 할까요?"

"좋지요. 우리 명의님 침 맛 좀 보여주세요."

정광패는 호탕했다. 성큼 진료 침대에 눕더니 셔츠 깃을 걷어주었다.

'오십견…….'

류수완의 정보는 정확했다. 너무 정확해서 기운이 빠졌다. 총재에게는 미안하지만 큰 병이 있으면 좋을 일이었다. 하지만 그의 오장육부 기운은 동년배에 비해 10년은 젊었다. 그나마 위로가 되는 건 M 자 탈모가 좀 심하다는 것.

그 자리에서 견우혈에 장침을 넣었다.

오래 걸리지도 않았다.

"끝났습니다."

윤도가 발침을 하며 말했다.

"벌써요?"

"움직여 보시죠."

"아니, 나는 침이 들어오는 것도 몰랐는데… 응?"

어깨를 움직이던 정광패가 동작을 멈췄다. 신기하게도 통증이 사라진 것이다.

"맥을 보니 거의 철인이시군요. M 자 탈모 외에는 다 정상이십니다."

"아, 탈모. 얼마 전부터 이마 모서리가……."

정광패가 쓴 입맛을 다셨다. 탈모 좋아할 인간은 지구상에 없을 테니까.

"기름진 음식 좋아하시죠?"

"식성도 알아요? 내가 육고기를 좀 좋아하기는 하지요."

"오신 김에 잡아드릴까요?"

"M 자 탈모도 가능합니까?"

"잠깐 엎드려 보시겠습니까?"

윤도가 정광패의 몸을 돌렸다. 신수혈 좌우 자리로 장침 두 개가 들어갔다.

주 치료 혈자리는 경문혈이다. 경문혈은 옆머리 탈모와 엷은 눈썹에 명혈로 꼽혔다.

뜨끈한 화침으로 넣었다. 좌우 경문혈을 자극하자 기혈이 상체로 올라가기 시작했다.

20분.

타이머가 울리자 발침을 했다.

"보시죠."

윤도가 손거울을 내주었다. 그걸 본 정광패의 입이 쩌억 벌어졌다.

"이, 이럴 수가⋯⋯."

정광패는 거울에서 시선을 떼지 못했다. 눈썹 때문이다. 희끄무레하던 눈썹이 숯덩이처럼 변해 있다. 아울러 M 자 탈모. 나날이 허전해지던 자리에도 털이 수북하게 올라오고 있지 않은가?

"이거⋯⋯."

정광패가 보좌관을 바라보았다.

"총재님⋯⋯."

보좌관 역시 믿기지 않는다는 표정이다.

"허어, 심란한 내 정신이 아직 제자리로 돌아오지 않은 건가?"

정광패는 침대에 가부좌를 튼 채 거울을 놓지 못했다.

"큰 사고라도 난 겁니까?"

한쪽에 있던 류수완이 분위기를 타고 들어왔다.

"크지. 아주 큰 놈이 사망 직전이거든요."

"큰 놈이라면… 손녀가 하나가 아니시군요?"

"하나요. 하지만 하나가 아니라 둘이지. 우리 손녀 놈이 제 목숨만큼 아끼는 놈이 있거든."

"예?"

"애마 말입니다. 총재님 손녀와 동고동락하던 승마용 말이 좀 이상했는데 불치병 판정이 나왔습니다. 홍콩 국제 승마 대회장 현장을 돌아보고 온 손녀가 그 검사 결과를 알고는 충격을 받아서……"

"……"

"아, 우리 채 선생님, 혹시 말 탕약은 없습니까?"

류수완과 대화하던 정광패가 윤도를 돌아보았다. 반은 농담, 반은 진담이었다.

"어떤 병에 걸린 겁니까?"

"그게… 사연이 좀 긴데… 우리 손녀 놈 애마가 원래 한쪽 눈이 좀 안 좋아요."

"그 얘기는 들었습니다."

윤도가 답했다. 검색으로 알게 된 사연이 있었다.

"그래요? 그렇지만 혈통은 기가 막힌데… 그런데 이놈이 하필이면 그 말에 꽂혀서 승마를 시작했는데 이번에 몹쓸 병에 걸렸지 뭡니다."

"병명을 기억하십니까?"

"EIA라고, 말전염성빈혈이라더군요. 이게 사람 빈혈과 달라서 한번 걸리면 불치병이라 안락사를 시켜야 한다고……."

설명은 보좌관의 입에서 나왔다.

'안락사?'

"말도 마세요. 아무튼 우리 손녀가 이 말 안 고쳐주면 자기도 따라 죽겠다고 어제부터 단식을 하고 있습니다. 하지만 이게 치료가 안 된다는데 무슨 수로 고치겠습니까? 그것 때문에 아들놈 집안 분위기가 엉망이라 거기 다녀오느라 부득 약속에 늦었습니다."

정광패가 고개를 저었다.

유난히 손녀를 사랑하는 정광패. 그 낙담이 이해가 갔다.

"그래서 오늘 제 표정이 좀 굳었습니다. 이 사람이 원래 채선생님 만나서 공천 문제도 이야기하고 류 사장님이 말씀한 한약 처방권 문제도 얘기할까 했는데……. 아무튼 우리 당은 채 선생님을 위해 비례대표 1번을 비워두었다는 것만 알아주세요."

비례대표 1번.

완전 보증수표를 내미는 정광패였다. 하지만 윤도의 생각은 '말'에 있었다. 한쪽 눈의 장애와 말전염성빈혈, 그리하여 안락

사를 맞이하게 될 명마, 그로 인한 충격으로 단식투쟁에 들어
간 손녀.

"의원님."

윤도가 조심스레 입을 열었다.

"예."

"한약 처방권에 관심을 가져주서서 고맙습니다."

"아닙니다. 류 사장에게 들으니 일리가 있더군요. 다만 법
안이라는 게 누워서 떡 먹듯 되는 일이 아니라서 소관 상임
위 의원들 설득도 해야 하고… 이해관계의 의사 단체도 그렇
고……."

"……."

"큼큼, 그러다 보니 채 선생이 우리 당 영입 제의만 받아주
시면 내가 어떻게 한번 해보겠는데……."

"옵션이군요?"

윤도가 담담하게 물었다.

"그 뭣이냐, 옵션이라기보다 채 선생님처럼 참신하고 젊은
피가 국회에 들어와 정치 개혁을 한번 이뤄야……."

"하지만 수신제가치국평천하가 우선이지요."

"예?"

"문자를 써서 죄송합니다. 제 말이 틀렸습니까?"

"우리 손녀 일이라면 어쩔 수가 없습니다. 새 혈통마를 임대

하거나 사주는 수밖에."

말.

말 많은 동물이 되었다.

지금 국내 상황이 그랬다. 윤도가 그걸 모를 리 없었다.

"마장마술용 말은 굉장히 비싸다고 알고 있습니다만……. 게다가 전임 대통령의 사건과 얽혀 있는 통에 거액의 명마를 사들인다면 국민들 시선도 곱지 않을 테고……."

"그게 문제긴 합니다."

"인터넷에서 보니 이미 여론화되었더군요. 고위층 자제들 중에서 승마하는 사람들, 다 곱지 않은 시선을 받고 있죠. 그 런데 손녀분의 애마는 눈이 아픈 관계로 오히려 칭송이 되고 있더군요. 불쌍한 장애마를 자기 몸처럼 돌봐주고 한마음이 되어 좋은 결과를 올리고 있다고 말입니다."

"그렇잖아도 그런 보도 때문에도 우리 손녀 놈이 더 애마와 헤어지지 않으려고……."

"그 말, 제가 고쳐 드리죠."

"채 선생님이 말을요?"

"저랑 손녀에게 가시죠. 처방권이니 공천이니 하는 것보다 목숨이 우선입니다. 그게 말이라고 할지라도."

윤도가 잘라 말했다.

윤도.

말을 고쳐주고 정광패의 마음을 사려는 걸까? 하지만 윤도의 의도는 그런 수동적인 것에 있지 않았다. 재주를 내주고 처분이나 바랄 의술이 아니었다.

상황의 리드.

윤도의 생각은 명쾌했으니 충분한 승산이 있었다.

*   *   *

"승아야, 문 좀 열어봐."

과천 정광패 아들의 2층 주택. 아들의 아내가 2층 방문을 두드렸다. 거실에는 정광패와 윤도가 도착해 있었다.

"문 좀 열어보라니까. 할아버지가 굉장한 분을 모셔왔어."

"됐어요! 다 필요 없으니까 가라고요!"

방 안에서 날 선 목소리가 나왔다.

"제발 이러지 말고……."

"제가 말해보죠."

윤도가 나섰다. 승아의 어머니가 자리를 비켜주었다.

"정승아, 나 채윤도라는 사람이야."

"……."

이제는 침묵이다. 대꾸조차 없다.

"나 한의사거든. 나랑 얘기 좀 할까?"

"……."

"나 잘 모르면 네이버에 채윤도라고 검색해 봐. 너 도와줄 수 있어. 네 말도……."

"……."

"정승아……."

쾅!

노크하는 사이에 뭔가가 날아와 문에 부딪쳐 떨어졌다. 뒤를 이어 폭풍의 고함이 밀려 나왔다.

"한의사잖아요? 나는 윈디안을 고쳐줄 수의사가 필요하다고요! 가세요!"

소리가 어찌나 큰지 2층이 흔들릴 지경이다. 정광패와 승아 어머니가 고개를 저었다.

아무래도 힘들겠다는 뜻이다. 하지만 윤도의 입에서는 쾌재가 나왔다. 방 안에서 대꾸가 나온 것이다. 그건 무반응보다 천 배는 나았다.

"검색해 보렴. 내가 장침을 기가 막히게 놓는다고 나오지 않니?"

"……."

"말 고치는 수의사를 마의라고 하는데 마의와 한의는 통하거든. 옛날 신의 손으로 불리던 명의 허임이라는 분도 마의 출신이야. 내 말이 틀린지 검색해 봐."

"……."

"나오지? 이거 너한테 온 마지막 기회야."

"……."

"으음, 장애마를 사랑하는 네 마음이 아름다워서 바쁜 시간 내서 왔는데 정 그렇다면 가는 수밖에. 검색해 보면 알겠지만 나 무지하게 바쁜 사람이거든."

"……."

"안 되겠군요! 그만 돌아가겠습니다!"

윤도는 일부러 정광패 쪽을 향해 큰 소리로 말했다. 그 미끼를 손녀가 물었다. 단숨에 문이 열리며 뛰어나온 것이다.

"선생님!"

단발의 여중생이 윤도 앞에 섰다.

"진짜 채윤도네요?"

손녀의 시선이 검색 화면과 윤도를 번갈아 바라보았다.

"당연하지. 난 분신술이나 카피 스킬 같은 건 없거든."

"정말 말 병도 고칠 수 있어요?"

묻는 시선이 절박했다. 손녀가 말을 얼마나 사랑하는지 알 것 같았다.

"한 99%쯤? 그 정도면 시도해 볼 만하지 않을까?"

"그럼 제 윈디안을 살려주세요."

손녀는 그 자리에서 무릎을 꿇더니 고개까지 떨구었다.

"안으로 가서 차근차근 얘기해 볼까?"

윤도가 승아를 부축했다.

"……!"

방 안에 들어선 윤도의 눈이 휘둥그레졌다. 방 안 풍경 때문이다.

우선 창문의 블라인드였다. 대형 블라인드는 승아와 애마 사진으로 프린팅 되어 있었다. 사방의 벽면 풍경도 그리 다르지 않았다.

각종 상패와 트로피, 나아가 기념사진 등으로 도배가 된 방이었다.

'이 아이에게 말이란……'

형제자매 이상이로군.

윤도의 마음이 숭고해졌다.

"우리 윈디안의 진단서예요. 그리고 각종 검사 기록도요."

승아는 말에 대한 모든 것을 꺼내놓았다. 살려주세요. 제발 살려주세요.

승아의 몸짓마다 절박한 마음이 묻어 나왔다. 자료를 보았다. 윤도에게는 생략 가능한 과정이지만 매사 본질만 챙기며 살 수는 없는 일이다.

"말 이름이 윈디안이라고?"

"네!"

"살릴 수 있을 것도 같은데?"

"정말요?"

"그럼. 이보다 더한 질병도 많이 치료했거든."

"봤어요. 절대 불가의 에이즈를 고치고 나무인간도 고치고……."

"질병 치료에 있어 가장 중요한 게 뭔지 아니?"

"환자의 의지요?"

"맞아. 하지만 다른 게 또 있지. 환자의 신뢰."

"그거라면 문제없어요. 저 무조건 선생님 믿을게요. 윈디안에게도 그렇게 말할게요. 너를 살려주실 분이 오셨다고. 윈디안은 내 말을 잘 들으니 걱정 마세요."

"그럼 이제 상의할 일이 있어."

"치료비라면 걱정 마세요. 제가 모아둔 용돈만 해도 5천만 원이 넘어요. 그거 다 드릴게요."

"돈이 아니라 네 할아버지 때문이야."

"할아버지요?"

"승아, 게임 가끔 하니?"

"네. 훈련 없을 때 더러……."

"그럼 아이템 거래도 알겠네? 내 테크트리에 필요 없는 걸 다른 유저에게 주고 나에게 필요한 걸 받으면 서로 좋겠지?"

"네."

"사실 나는 네 할아버지의 도움이 필요해. 그런데 네 할아버지는 그걸 도와주는 대가로 내가 네 할아버지의 정당으로 들어오시길 바라서."

"……"

"나는 정치인이 되고 싶지 않거든. 나는 한의사로 사는 게 좋아."

"……"

"내가 네 말을 고쳐줄 테니 너는 내 편을 들어줘. 거래 가능하겠니?"

"걱정 마세요. 저도 실은 정치인 좋아하지 않아요."

"그럼 할아버지 좀 모셔올래?"

"알겠어요."

승아가 밖으로 뛰었다. 이내 정광패가 들어섰다.

"말을 치료해 보겠습니다."

"오오, 부탁하오."

윤도의 수락이 떨어지자 정광패가 안도의 숨을 쉬었다.

"대신 손녀 앞에서 약속을 해주십시오. 제 처방권 법안을 돕는 일로 입당을 강요하지 않겠다고."

"채 선생……"

"저는 한의사가 천직입니다."

"그러니까 더욱 국회로 와서 큰일을 해야죠. 그렇게 되면 한의사를 위한 법안도 직접 발의할 수 있고……."

"승아야."

윤도의 시선이 손녀에게 건너갔다.

"네."

"할아버지가 말이야, 말 타는 거 그만두고 조종사 시켜줄 테니 비행기를 타라면 어쩔래?"

"절대 안 하죠. 전 세상을 다 줘도 오로지 말이에요."

승아가 잘라 말했다. 정광패가 움찔거렸다. 손녀의 한마디. 바로 윤도가 원하는 말이었다.

손녀는 오로지 말.

윤도는 오로지 한의사.

정광패가 가장 아끼고 사랑하는 손녀, 이 아이 앞에서 한 약속이라면 뒤집을 수 없다고 판단한 윤도였다. 가장 사랑하는 사람 앞에서 더러워질 수 없는 거, 그게 인간이다.

"손녀분 앞에서 약속을 해주시면 지금 치료를 시작하겠습니다."

"……."

"약속하시겠습니까?"

"할아버지, 약속해 주세요."

승아가 거들고 나섰다.

"약속하마."

긴 침묵 끝에 정광패의 약속이 떨어졌다. 윤도의 입가에 회심의 미소가 스쳐 갔다. 전략이 적중했다.

윈디안.

과천의 말 관리소에서 만난 녀석은 명마가 분명했다. 발부터 달랐다. 두툼하고 안정된 발은 신뢰를 신고 있는 것만 같았다. 얼마나 명마인지는 달려오는 길에 들었다. 승아의 설명 때문이다.

승아와 윈디안의 인연.

그건 보도로 알려진 것과 비슷했다. 초등학생 시절 승아는 몸이 약했다. 할아버지를 따라 제주도에 갔다가 우연히 말을 타게 되었다.

이상하게 말에 끌렸다. 그때도 인연이 있었다. 아무에게나 등을 내주지 않는다는 말이 승아에게는 얌전하게 굴어준 것이다.

승아의 승마 역사가 시작되는 순간이었다.

초등학교 때는 말을 빌려 탔다. 그러다 고학년이 되고 중학생이 되면서 애마가 필요해졌다. 그러나 말은 애견과는 달랐다. 조금 욕심이 난다 싶으면 10억, 20억이 예사였다.

윈디안은 외국에서 만났다. 혈통 좋은 준마들의 경연장이었다. 다만 딱 한 마리, 외면받는 말이 있었다. 그게 윈디안이었다.

윈디안은 재발성포도막염을 앓고 있었다. 월맹증이라고 부르는 사람도 있다. 말의 홍채에 생기는 눈병이다. 영어로는 Moon blindness. 이름을 따라 한 달에 한 번씩 시야를 가리는 병으로도 알려져 있었다.

이 질환에 걸리면 눈물을 흘리고 눈을 제대로 뜨지 못한다.

각막은 안개처럼 흐려지고 혈관 분포도 늘어난다. 심해지면 축농도 야기되며 각막염 및 포도막염으로 이행된다.

초기에는 면역억제제의 안약으로 관리하지만 결국 불치병 쪽이다. 세계적으로도 수술이 가능한 병원이 거의 없는 까닭이다.

"윈디안이 제게 윙크하는 거 같았어요."

승아의 첫 소감이다. 마주가 바람이나 쐬려고 데리고 나온 윈디안.

마주는 승아와의 인연을 범상치 않게 여겨 싼값에 넘겨주었다. 눈에 장애가 있지만 마장마술 훈련을 충실히 받아온 윈디안. 마주가 덧붙인 옵션은 딱 하나였다.

"많이 사랑해 주렴."

승아와 윈디안은 그렇게 연결되었다. 운명적 만남이라 그런지 호흡을 맞추는 문제도 없었다. 그다음부터는 일사천리였다. 승아는 중등부 마술(馬術) 대회를 휩쓸었고, 국제 무대에서도 좋은 성적을 올렸다. 그렇기에 그 어떤 명마보다 승아에게 중요한 윈디안이었다.

'올림픽.'

승아는 큰 꿈을 꾸기 시작했다. 훈련도 충실하게 했다. 그 과정에서 할아버지 정광패의 총애를 받게 되었다. 대견하게도 어린 몸으로 훈련 과정을 즐긴 것이다. 얼마 전에는 국가대표 상비군에도 선발되었다. 누구처럼 백을 내세워 체육부 간부들 조져서 만든 성과가 아니었다. 오직 승아와 윈디안의 실력이었다.

하지만 비극이 찾아왔다.

"말전염성빈혈 같습니다."

수의사의 말이 시작이었다. 최근 들어 윈디안은 피로해 보였다. 기운도 빠지고 몸무게도 줄었다. 처음에는 훈련량 때문인가 싶었다.

승아가 훈련을 줄였다. 나아지지 않았다. 검사를 받았다. 진단 결과가 청천벽력이었다. 진단명 말전염성빈혈.

승아는 그것의 심각성을 몰랐다. 빈혈약 먹이면 되지. 제일 좋은 걸로 사줄게.

그렇게 생각하는 승아였다. 하지만 말전염성빈혈은 승아가 아는 그런 빈혈이 아니었다.

이 병은 불치병이었다. 말이 존재하고 말파리나 흡혈 곤충

이 있는 곳이라면 세계 어디서든 발생하는 질병이었다. 이 병에 감염된 말을 문 말파리가 건강한 말을 물면 질병이 시작된다. 어미 말의 자궁에서 망아지에게로 수직 전파도 가능하다. 혹은 감염된 종마의 정액 내에 있던 바이러스에 의해 암말이 감염되기도 한다.

감염된 말의 절반 가까이는 발병한 지 2~4주 만에 죽는다. 다행히 회복된 말은 임상 증상은 없지만 바이러스를 보유하면서 일생 동안 감염원의 노릇을 한다. 다른 건강한 말에게 병을 전파하는 것이다. 결국 이 병에 걸리면 안락사가 대안이었다. 그렇지 않으면 엄격한 곳에 격리해야 하니 전자 쪽이 답이었다.

이 병은 바이러스가 면역 체계와 관련 기관들을 손상함으로써 적혈구가 파괴되고 혈구 생산을 감소시켜 심한 빈혈을 일으키는 게 특징이었다. 효과적인 치료제는 없었다. 그렇기에 가축 전염병법에서도 제1종 전염병으로 분리한다. 최고로 심각하다는 뜻이다.

"윈디안!"

말 관리소에 도착하자 승아가 먼저 뛰었다.

히이잉!

먼 마사에서 반응이 왔다. 소리만으로도 주인을 알아보는 말이었다.

"윈디안······."

말 머리를 안은 승아의 눈에서 눈물이 쏟아졌다. 혈통 좋은 앵글로아랍 계열의 백마였다. 말은 이미 안락사가 준비 중이었다.

그렇기에 안장과 마구를 모두 풀어놓은 상태였다. 마사에서는 악취가 풍겼다. 설사 때문이다. 그 또한 질병 증세 중의 하나였다.

"채윤도 선생님이야. 네 병을 고쳐주실 거야."

승아가 윤도를 소개했다. 사연을 모르는 관리사는 황당한 표정이다. 그러나 그는 마주의 가문을 알고 있었다. 원래는 승아의 접근이 금지된 상태. 빠른 시간 내에 안락사를 실시할 예정이다. 그러나 그 지시를 내린 정광패가 동행했으니 상황만 보고 있었다.

"우리 승아가 단식투쟁으로 나오니 치료 시도라도 한번 해보려고 그러네."

정광패가 관리사에게 설명했다.

"저분이 수의사십니까?"

관리사가 물었다.

"한의사시네."

"한의사?"

"그냥 한의사가 아니고 채윤도 한의사 선생님이세요. 채.

윤. 도!"

원디안 옆에 붙어선 승아가 또박또박 소리쳤다. 그 소리에
는 윤도에 대한 기대와 신뢰가 팽팽하게 담겨 있었다.

"헤이, 원디안."

윤도가 말에게 다가섰다.

"우리 잘해보자."

손으로 이마를 쓸어주었다. 말이 콧김을 뿜었다. 말은 거짓
말처럼 승아의 말을 잘 들었다. 불안해 보이던 말이 안정을
찾자 맥을 잡았다. 목과 가슴팍 사이의 맥을 짚고 목덜미와
앞다리에 분포하는 총경동맥을 잡았다. 원디안의 오장육부 정
보가 손끝을 타고 건너오기 시작했다.

『한의 스페셜리스트』 12권에 계속…

이제부터 전자책은

이젠북

www.ezenbook.co.kr

새로운 세계가 열린다!

김재한 『성운을 먹는 자』   철백 『대무사』
니콜로 『마왕의 게임』   가프 『궁극의 쉐프』
이경영 『그라니트:용들의 땅』   문용신 『절대호위』
탁목조 『일곱 번째 달의 무르무르』   천지무천 『변혁 1990』
강성곤 『메이저리거』   SOKIN 『코더 이용호』

이름만 들어도 황홀할 정도의 별들의 향연!
이들의 "유료연재"가 시작됩니다!

검색창에 **이젠북**을 쳐보세요! ▼

초대형 24시 만화방

신간 100%, 샤워실, 흡연실, 수면실(침대석), 커플석, 세탁기 완비

■ 광명 광명사거리역점 ■

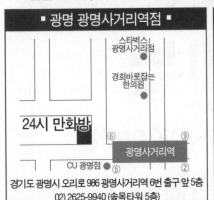

경기도 광명시 오리로 986 광명사거리역 6번 출구 앞 5층
02) 2625-9940 (솔목타워 5층)

■ 강북 노원역점 ■

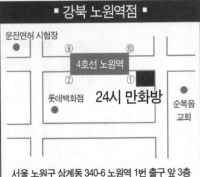

서울 노원구 상계동 340-6 노원역 1번 출구 앞 3층
02) 951-8324 (화용빌딩 3층)

■ 일산 정발산역점 ■

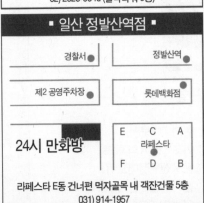

라페스타 E동 건너편 먹자골목 내 객잔건물 5층
031) 914-1957

■ 일산 화정역점 ■

경기도 고양시 덕양구 화정동 984번지 서일빌딩 7층
031) 979-4874 (서일사우나 건물 7층)

■ 부천 역곡역점 ■

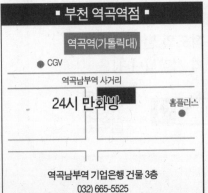

역곡남부역 기업은행 건물 3층
032) 665-5525

■ 부평역점 ■

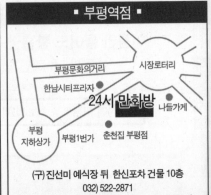

(구) 진선미 예식장 뒤 한신포차 건물 10층
032) 522-2871

天慶神文教
淘湯文教

천미신교
낙양지부

정보석 新무협 판타지 소설

FANTASTIC ORIENTAL HEROES

무협武侠의 무武란 무엇을 뜻하는가?
바로 자신의 협侠을 강제強制하는 힘이다.

자신을 넘어, 타인을 통해, 천하 끝까지 그 힘이 이른다면,
그것이 곧 신神의 경지.

**일개 인간이 입신入神하기 위해
필요한 것은 무엇인가?**

**지금, 그 답을 찾기 위한
피월려의 서사시가 시작된다!**

Book Publishing CHUNGEORAM

WWW.chungeoram.com

FUSION FANTASTIC

박골 장편소설

내 손끝의 탑스타

그의 손이 닿으면 모두 탑스타가 된다?!

우연히 10년 전으로 회귀한 매니저 김현우.
그리고 그의 눈앞에 나타난 황금빛 스타!

그는 뛰어난 처세술과 냉철한 판단력으로
다사다난한 연예계를 돌파해 나가는데……

돈도, 힘도, 빽도 없지만 우리에겐 능력이 있다!

김현우와 어울림 엔터테인먼트의
통쾌한 성공기가 지금부터 시작된다!

Book Publishing CHUNGEORAM

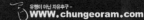

유행이 아닌 자유추구 -
WWW.chungeoram.com